红桥边

谢东升 周庆洪 著

图书在版编目（CIP）数据

红桥边 / 谢东升，周庆洪著 . -- 南京：江苏凤凰文艺出版社，2023.4
 ISBN 978-7-5594-7598-5

Ⅰ.①红… Ⅱ.①谢… ②周… Ⅲ.①纪实文学 – 作品集 – 中国 – 当代 Ⅳ.① I25

中国版本图书馆 CIP 数据核字（2023）第 038115 号

红桥边

谢东升　周庆洪　著

出 版 人	张在健
责任编辑	张　倩
责任印制	刘　巍
装帧设计	有品堂_刘俊
出版发行	江苏凤凰文艺出版社
	南京市中央路 165 号，邮编：210009
网　　址	http://www.jswenyi.com
印　　刷	江苏扬中印刷有限公司
开　　本	718 毫米 × 1000 毫米　1/16
印　　张	15
字　　数	145 千字
版　　次	2023 年 4 月第 1 版
印　　次	2023 年 4 月第 1 次印刷
书　　号	ISBN 978-7-5594-7598-5
定　　价	49.00 元

江苏凤凰文艺版图书凡印刷、装订错误，可向出版社调换，联系电话 025-83280257

《红桥边》编委会

总 顾 问：柳惠波　任孝峰
统　　筹：钦林文
文学顾问：王啸峰　周淑娟
策　　划：沈茂松　刘　波

有一群年轻的勇士

用血肉之躯架起一座桥梁

开辟一条前进的大道

打赢一场艰苦卓绝的淮海战役

——题记

2020年4月15日,国网江苏电力"十人桥"共产党员服务队成立。

2021年7月6日,国网江苏电力"十人桥"共产党员服务队葛浩分队成立。

2021年7月6日,时任国网徐州供电公司党委书记柳惠波(右)为"十人桥"共产党员服务队葛浩分队授旗。

2022年10月27日,国网徐州供电公司党委书记任孝峰(左二)到"十人桥"共产党员服务队宣讲党的二十大精神,并为"电暖流"新时代文明实践基地揭牌。

2021年4月1日，国网新沂市供电公司党委在"淮海战役十人桥纪念园"开展"百年党史忆初心 新电传承建新功"专题实景党课。

2022年5月19日，国网新沂市供电公司党委在"淮海战役十人桥纪念园"举办"传精神、守初心、强信心"实景党课暨党员过"政治生日"主题活动。

千重金色笑颜开，暖心服务相伴来。
电网先锋齐上阵，助力农田为大爱。

科技赋能驱创新，
助推配网连升级。
巡检设备保安全，
加强管理创效益。

万家灯火万家明，巡检路上步不停。
红外测温有标准，保障安全与稳定。

综合能源大发展，充电站里活力显。
瞄准需求优服务，万众出行真方便。

快速烘干解晾难，力保粮食不减产。
上门征询做后盾，用心服务不等闲。

产业提档升级，
托举民生福祉。
深入企业走访，
优化营商环境。

万亩桃花万亩粮，
千名员工解电荒。
家家户户皆走遍，
火红日子人人羡。

倾情讲述十人桥，
河上勇士永记牢。
心间常驻英雄志，
手中红旗万年飘。

专心巡检窑湾渡，千年古镇要保护。
功在当今创实绩，利在千秋开新局。

生态文明成果现，城乡处处换新颜。

美丽乡村用好电，巡检有我更安全。

助力复工不停歇，高效办电惠企业。

爬坡过坎添动能，经济回暖向前冲。

绿色发展理念引，希望田野气象新。
电力助农增效益，幸福生活美中生。

用电宣传入社区，扎实有效不放松。
提醒大家多注意，电力卫士指明灯。

传授防护新知识，
全景体验更精彩。
安全用电抓教育，
校企共育赢未来。

景区也有服务队，
全电改造做护卫。
甘为画卷一点绿，
守护生态不怕累。

疫情防控一声令，
供电党员再行动。
不分昼夜连轴转，
电力先锋促民生。

创新活力要释放，发展质效能增强。
无人机巡检电网，做好企业护卫长。

莘莘学子赴考场，电力助考增保障。
拓展服务虽小事，甘愿献出一缕光。

电力服务通城乡，
绿色发展做护航。
生态文明促和谐，
便民利民谱华章。

聚焦农村用好电，
强化宣传讲安全。
上门服务除隐患，
幸福指数节节攀。

排查隐患护线忙，
青春一线敢担当。
电耀城乡怀壮志，
铁军无悔送光明。

百年党史铭于心，主题公园颂党恩。
初心使命不能忘，学深悟透明方向。

充足电流涌动，护航乡村振兴。
赋能千行百业，绘就发展美景。

服务窗口前移，
事项就近办理。
社区经理服务，
生活更加便利。

光伏发电焕生机，
绿色引擎添动力。
清洁低碳又环保，
未来发展全受益。

结对给予帮扶，加强合作互助。
业务技能娴熟，引领发展进步。

十人桥边旗帜扬，马陵山下茶飘香。
助企纾困力度大，推进发展能力强。

电网工程建设忙，安全宣教到现场。
消除违章要求严，确保实现安全年。

电力帮扶全方位，葡萄园区得实惠。
电力先行助农业，发展后劲更澎湃。

乡村养殖扩规模，优质电力助爬坡。
产业发展动力足，经济前景更广阔。

讲解充电知识，完善配套设施。
提升服务水平，增进民生福祉。

夯实基础强电网，促进经济稳增长。
巡检设备保供电，精益求精是良方。

蓝帽红衣本平常，
山道小径也一样。
巡检哪分服务地，
唯有党章心间装。

共产党人有佳话，甘为后辈洒热血。
一段故事一份情，舍己忘我是抉择。

序言

"十人桥精神"的电力传承者

王啸峰

徐州，是一座英雄城市。有江苏最早宣传马克思主义思想的"赤潮社"，有省内首个党支部"陇海铁路铜山站支部"，有淮海战役中新沂"十人桥"，等等。学深悟透才能笃信躬行。在认真学习贯彻党的二十大精神过程中，国网徐州供电公司党委充分用好徐州红色资源，让红色基因融入供电人血脉。

70多年来，新沂人民口口相传着"十人桥"的英雄事迹。"十人桥"事迹体现出来的"团结一心、奋力拼搏、甘愿奉献、敢于胜利"的"十人桥精神"，时时刻刻激励着国网新沂市供电公司全体干部职工。在"十人桥"边，国网新沂市供电公司党委开展"传精神、守初心、强信心"实景党课教育。为更好地传承"十人桥精神"，成立了"十人桥"共产党员服务队。在党旗的引领下，坚持"人民电业为人民"宗旨，牢牢把握"凝聚人心、促进发展"使命要务，打造供电企业对外展示形象的品牌，培养在困难面前攻坚克难的尖兵，创新党建工作实践的亮点。

《红桥边》如实记述了"十人桥"共产党员服务队的创立、发展、成长、服务等各方面先进事迹。在安全生产、电网建设、营销服务、疫情防控等重点工作中，"十人桥"共产党员服务队从没有缺席，始终践行"人人都是一座桥墩、人人争当一面桥板、人人都是一座铁血钢桥"的党员服务队理念，塑造了葛浩、丁汉成、晁成林、尤守刚、孙永、张拥军、陆大亮、杨宗远、陆莹莹、鲁家三代等一批先进人物形象。他们有平凡工作岗位上的"千里眼""活地图"，有冲锋在乡村振兴最前沿的"第一书记"，有"马陵山之子"，有"江苏好人"。比如：挂职大山村"第一书记"的葛浩，帮助乡亲们解决了很多实际困难，挂职结束后，他又扎根基层，担任乡镇供电所所长，继续服务新农村建设。又如：多年来，"江苏好人"丁汉成垫付孤寡老人电费、资助失学儿童、自费安装村道路灯、为现役军人家庭和敬老院免费安装净水消毒机等等。丁汉成说得好："我从生活艰苦的家庭一路走来，如果没有那么多好心人相帮，我是不会有今天的。"再如：晁成林长期奋战在变电运维第一线，被同事誉为"再难的电力险情都难不倒的人"。在关键的生产岗位上默默耕耘，他10多年都没和家人一起过春节。作者对这些感人事迹详尽细致的描述，构建了一幅"十人桥"共产党员服务队群体雕像。他们传承淮海战役中的勇士精神，并将其融入电力人日常工作生活中。

"十人桥"共产党员服务队是国网江苏省电力有限公司117支党员服务队的一员,葛浩、丁汉成、尤守刚等也成为3100余名队员之一。当前,在社会主义现代化强国建设进程中,他们将积极投身地方新时代文明实践中心建设,履行"为民排忧解难的服务员""党的政策的宣传员""社情民意的信息员"的"三员"职责,用责任践行初心使命,用真情点亮万家灯火,在国家电网有限公司建设具有中国特色国际领先的能源互联网企业中站排头、当先锋、作表率,为服务"强富美高"新江苏建设作出新的更大贡献。

王啸峰
中国电力作家协会副主席
国网江苏省电力有限公司总经理助理
江苏省电力作家协会主席

目 录

引子 / 001

第一章 "十人桥"的过去、现在和未来

一个壮美的英雄故事 / 005
红色图腾闪耀中华 / 008
一支红色团队接续前行 / 011
一座城的温暖记忆 / 013

第二章 葛浩的神圣使命

电力人要到大山村去挂职 / 020
"娘家人"伸出的温暖手 / 023
大山村的甜酥梨成熟了 / 027
老百姓忘不了这位第一书记 / 030

第三章　好人丁汉成

没鞋穿的穷孩子遇上好人　　　　　　　　　　/ 038
当上电工深夜来到村民家接电　　　　　　　　/ 042
垫付电费还出资安装 40 余盏路灯　　　　　　/ 044
一句承诺改变了女孩子的命运　　　　　　　　/ 047
家有贤妻为乡亲购买消毒柜　　　　　　　　　/ 049

第四章　为了 33 座变电站安全运行

再大险情难不倒咱们的师傅　　　　　　　　　/ 056
俺家从来没有吃午饭的习惯　　　　　　　　　/ 058
父子俩终于成为单位的同事　　　　　　　　　/ 060
带病工作，百炼成钢的往事　　　　　　　　　/ 063
好想家人一起过团圆的春节　　　　　　　　　/ 066

第五章　骆马湖上的电工

草根夫妻生了一儿一女　　　　　　　　　　　/ 074
有缘无故多了一个女儿　　　　　　　　　　　/ 077
业务精湛还学会了划船　　　　　　　　　　　/ 078
失子之痛催他更加坚强　　　　　　　　　　　/ 082
苦尽甘来人生得以升华　　　　　　　　　　　/ 085

第六章　军人本色

他守护的是万家灯火	/ 092
只给普通百姓当保镖	/ 095
3秒解救人质的人民卫士	/ 097
立志最后一个离开部队	/ 098
"老粗"的外号没人再提	/ 099
把军营的爱心带到社会	/ 101
12月1日意义重大	/ 103
她从小就有英雄情结	/ 105
何时才能一起回阜阳老家	/ 107

第七章　"千里眼"是怎样炼成的

一定牢记自己是烈士的后代	/ 112
将来可以练就一双"千里眼"	/ 113
学习成为不断进步的阶梯	/ 116
小小发明激发了创新动能	/ 117
风雨中摸爬滚打保障电网畅通	/ 121
"活地图""千里眼"永续传承	/ 123

第八章　马陵山之子

山里娃走上了电工之路　　　　　　　　　　/ 129
高温抢修留下"中暑后遗症"　　　　　　　　/ 132
惠民工程让老百姓得到实惠　　　　　　　　/ 135
成为马陵山运维基站当家人　　　　　　　　/ 138

第九章　配电班长的平凡人生

电工首先学会爬电线杆　　　　　　　　　　/ 146
善意的谎言温暖一座城　　　　　　　　　　/ 148
总结一套配网管理经验　　　　　　　　　　/ 151
把"小事"办好，将"好事"办实　　　　　　/ 153
心中有许多骄傲的榜样　　　　　　　　　　/ 155

第十章　芳华写春秋

年龄最小的共产党员　　　　　　　　　　　/ 159
擦亮"金牌服务"第一窗口　　　　　　　　　/ 162
为特殊客户送去亲情化服务　　　　　　　　/ 164
约定好的服务事项不能反悔　　　　　　　　/ 167
多岗位锻炼丰富了工作阅历　　　　　　　　/ 169
把大爱和责任融入新沂大地　　　　　　　　/ 172

第十一章 三代人的电业情缘

第一代：用电设备检修专家 /178
第二代：不能让别人在背后戳脊梁骨 /181
第三代：传承的不仅是技术，还有家风 /184

第十二章 离英雄最近的人

电网强：临时支部筑牢"红色堡垒" /192
生态美：让天更蓝、山更绿、水更清 /194
产业兴：加速构建新发展格局 /196
百姓富：因地制宜打造特色田园乡村 /198
乡村秀：点亮百姓幸福生活 /200
战疫情：从未缺席党和国家每一次召唤 /202

后记 /207

引 子

那是一个血与火交融的年代,那是一个英雄辈出的年代,在湍急的河流中,为了铺就奔赴胜利的通道,10位勇士以身为墩,支撑起一座浮桥,红旗漫卷,东方已晓!

那是一座英雄的桥,那是一座胜利的桥,那是一座红色的桥!

旗帜是红色的,信仰是红色的,记忆也是红色的,"十人桥"成为那块土地上,红色的传奇,口口相传,被人们亲切地誉为"红桥"。

70余年过去了,在这片英雄的土地上,一群有着同样基因的人,又在赓续"十人桥"精神,把"十人桥"的旗帜高高扬起。

红桥边上的这群电力人,主动扛起了"十人桥"的旗帜。他们中的每一个人,都是一座墩,立在自己的岗位上,无论是岗位上的"活地图""千里眼",还是好人丁汉成,抑或是用芳华书写春秋的陆莹莹,他们都在用心诠释责任与坚守。

他们每个人又都是一座桥,无论是大山村的"第一书记",

还是"马陵山之子",抑或是骆马湖上的电工,他们都在用情传递温暖,展示"人民电业为人民"的赤诚与奉献。

70年前,勇士们用青春和生命,昭示信仰;70年后,共产党员服务队用坚持坚守,宣示忠诚。

70余年的时空跨度,一代代人矢志不渝,初心不改。

这是使命的传递,这更是责任的延续,红色的江山,英雄的热土,需要共产党人接续奋斗,踔厉前行。

在高举中国特色社会主义伟大旗帜,为全面建设社会主义现代化国家而团结奋斗的新征程上,离英雄最近的国家电网人,不会缺席党和国家的每一次召唤!

红桥连着历史、现在和未来,赤色不改,信念如磐!

第一章

『十人桥』的过去、现在和未来

一个壮美的英雄故事

新沂,在漫漫的历史长河中,被水滋养,被山塑造。日复一日,山高水长,新沂人在这样的青山绿水中,形成了坚毅勇敢的性格。这块锦绣土地上,还流传着"十人桥"的英雄故事。

公元1948年11月6日至翌年1月10日,一场决定国共两党乃至国家前途命运的大决战,在以徐州为中心,东起海州、西止商丘、北至临城、南达淮河的广袤大地上上演,这就是彪炳史册的"淮海战役"。

淮海战役开始前,国民党黄百韬兵团所辖的第25军、63军、64军、100军驻防新安镇地区,第44军驻防海州地区,新安镇是兵团司令部驻地。

实现淮海战役第一阶段作战目标是从全歼国民党第63军的窑湾战斗开始的。

那时的地名只有新安镇,隶属于宿北县。1948年11月6日戌时,淮海战役拉开帷幕。

1948年11月8日。傍晚。

广袤的苏北大平原,一马平川。

残阳如血,北风呼啸,流动着肃杀之气,也蕴藏着无限生机。沂河和骆马湖悄无声息,一半水面金光闪烁,一半水面烟波沉郁,似乎想诉说什么。马陵山拔地而起,同样静默着,柿子树挺立在岩石后面,树干的顶端兀自垂挂着几颗火红的柿子。

却有一种声音,被大地听到,被天空记取;却有一行脚步,惊飞了倦鸟,震撼了露珠。

"部队全速前进!"一路人马集结过来,走在最前头的团首长发出命令。

"报告,前面出现一条10多米宽的无名小河,阻碍部队前进,且河水刺骨,水流湍急。"通讯员急报。

团首长高声命令:"立即架设一座浮桥,保证部队顺利通过。"

"是!保证完成任务。"

这支部队是华东野战军第9纵队27师79团,奉命追击黄百韬兵团第63军。淮海战役打响后,黄百韬兵团由国民党第63军担任翼侧掩护,自新安镇地区沿陇海铁路西撤,准备经堰头、窑湾渡过运河,与徐州的国民党军会合。

华野1营2连1排副排长范学福,3班班长马选云、副班长彭启榜带领全班战士,到就近的老百姓家里借来了门板和木梯,迅速用麻绳子捆扎好,跑步把扎着门板的木梯子横卧到河面上,火速架起一座浮桥。

没有桥墩支撑的浮桥在水面上不断漂移,战士们无法稳稳通过,而等待过河的战士却越聚越多。紧急关头,范学福大喊一声:"没有桥墩,俺们就来当桥墩!"

范学福第一个跳进冰冷的急流中。紧接着,马选云、彭启榜、宋协国、杨玉艾、潘福全、杨学志、孙克潘、孙学赞、孙书贤等十位勇士纷纷跳入水里,用肩膀架起一座"人桥"。

战友们踏过10名勇士用血肉之躯搭起的"人桥",风驰电掣般冲向对岸,将敌军两个团全部歼灭。

10名勇士英雄壮举被刊登在1948年11月26日的《大众日报》上,10名勇士的英雄事迹很快传遍华东地区乃至全国,被誉为"河上勇士",2连1排3班被授予"十人桥班"。

新中国成立后,"十人桥"的英雄事迹被镌入淮海战役烈士纪念塔的浮雕,写进新中国的小学教科书。"十人桥班"所在部队后来编入武警部队某部,依然保留着10人一班的建制,一直沿用"十人桥班"的班名。

急流中10个坚不可摧的身影,永远定格在历史的天空中。飞奔过河的战士们,更难以忘记那惊心动魄的一刻。时隔多年,战士们依然感慨万千:"我们是含着热泪从10位兄弟的肩膀上踏过去的……"

艰难方显勇毅,磨砺始得玉成。战斗中的"十人桥",谱写了一曲气吞山河的英雄壮歌，撰写了一首豪情万丈的英雄史诗。而这，源于他们心底始终希冀着的一种美好，总是等待着的一种幸福。

忍受肩膀上脚步的无数次撞击，忍受冰冷刺骨的急流冲击，牙关紧咬，腰板挺直，如10座巍峨的铁塔，如10尊不朽的雕像，毅然坚持到最后一名战士安全过河。是什么样的力量支撑着勇士们？

是信仰。是共产党人坚如磐石般的信仰，是解放全中国让人民世世代代过上好日子的信仰。战士们的愿望实现了——2021年7月1日，在中国共产党百年华诞之际，第一个百年奋斗目标"全面建成小康社会"如期宣告达成，历史性地解决了绝对贫困问题，正意气风发地向着全面建成社会主义现代化强国的第二个百年奋斗目标迈进。

这是中华民族的伟大光荣。

这是中国人民的伟大光荣。

这是中国共产党的伟大光荣。

红色图腾闪耀中华

新沂市位于江苏省北部，华北平原南段，1990年撤县建市。

东望大海，西顾彭城，北瞻泰岳，南瞰淮泗。东周时为"钟吾国"域，《春秋》有记，《左传》有载。五千多年前，被海内外誉为"东方土筑金字塔"的花厅文化,就发祥于这片美丽富饶的土地上。

"淮海战役十人桥纪念园"就建在新沂市草桥镇的堰头村。

2010年,中共新沂市委、市政府在堰头村十人桥附近建设了以十人桥命名的烈士陵园。新沂市投入资金300余万元,建成1座纪念碑、2栋展厅主体工程,进行了墓区树木清理和道路绿化,将在堰头战斗、窑湾战斗等解放战争中牺牲的英烈迁入园内安葬。

十年后。2020年1月,中共新沂市委、市政府贯彻落实习近平总书记关于"用好红色资源,传承好红色基因,把红色江山世世代代传下去"的指示精神,决定对十人桥烈士陵园进行重新规划建设,由江苏省建筑设计研究院完成规划设计,新沂市住建局负责代建的这座陵园,正式命名为"淮海战役十人桥纪念园"。

新建成的淮海战役十人桥纪念园,总面积4万平方米,有纪念碑、纪念馆和园内景观,北侧为烈士墓园。纪念碑由台阶、碑座和主碑三部分组成,占地面积1521平方米。整个纪念碑坐北朝南,南立面为"淮海战役十人桥纪念碑"题字,东西两侧为纪念碑文。纪念碑建筑群整体高22.33米,寓意英雄之师2连3班;碑高19.48米,从广场到纪念碑共分设两层台阶,到达一层平台共11级台阶,到达二层平台共8级台阶,意含十人桥事迹发生于1948年11月8日。

每年来这里瞻仰的游客达10余万人次,有老干部、退伍军人,有老年夫妻、青少年学生,还有祖孙三代结伴同来……

清明节期间，赶来瞻仰"十人桥"、祭奠烈士英灵的人更是络绎不绝。一队队少年儿童，在老师的带领下，迈着整齐的步伐，来到十人桥，来到纪念园，缅怀革命先辈的丰功伟绩，面对纪念碑庄严宣誓。蓝天白云之下，鲜艳的少年先锋队队旗和红领巾交相辉映，诉说着过去，也展望着未来。

2022年5月中旬，国网新沂市供电公司5月份入党的党员代表来到十人桥纪念园，开展"传精神、守初心、强信心"实景党课暨党员过"政治生日"主题活动。

刘坤也站在这支队伍里面，参加这次特别的活动。20世纪八九十年代，刘坤的老家就在十人桥边上。他在家乡读了五年书，从家里到学校，从学校回家里，都要经过十人桥。

"我每天都要走过这座桥，经常在桥面上思考，对它很有感情。"三十多年过去了，小时候的场景，像放电影似的，一个画面一个画面在刘坤的记忆里回放。"新中国成立后，地方政府在十人桥原址建成一座石桥，命名为'十人桥'，村民们还将精心保存下来的那架木梯子，献给了中国人民革命军事博物馆。"刘坤说，那架木梯就是他一个远房亲戚家的。

十人桥被当地老百姓亲切地称为"红桥"，成为一座信仰之桥、旗帜之桥，崇高的"十人桥精神"照亮了整个中国。

一支红色团队接续前行

从哪里来？

向何方去？

纵然时空变幻，总有一种信仰风雨如磐。

2019年年初，党中央决定自6月开始，在全党自上而下分两批开展"不忘初心、牢记使命"主题教育活动。

国家电网有限公司党组、国网江苏省电力有限公司党委、国网徐州供电公司党委也自上而下迅疾行动起来，一场声势浩大的学习教育活动在国家电网公司系统内紧锣密鼓展开。

干出来，讲出来，亮出来！

用好红色资源，赓续红色传统，在红色的土地上抒写接续前行的红色篇章。

这是国网徐州供电公司党委发出的倡议书，也是动员令。

在"十人桥精神"的发轫地，国网新沂市供电公司党委感受到了肩负的厚重使命。

怎么干？

"新沂是著名红色资源'十人桥'的发源地，'十人桥精神'应该成为我们开展'不忘初心、牢记使命'主题教育的生动教材和榜样标杆。"

一位基层共产党员的提议，引起国网新沂市供电公司党委的高度关注。这位共产党员叫尹家辉，是公司总经理联络员。

他建议组建"十人桥"共产党员服务队,从组织建设强基、队伍建设固本、活动策划统筹等三个方面整体推进,打响具有行业特点、时代特征和地域特色的供电服务品牌。

随即,这一建议变为行动。

2020年4月15日,国网新沂市供电公司院内党旗高扬,党徽生辉,国网江苏电力"十人桥"共产党员服务队正式宣告成立。

"十人桥"边上,国网新沂市供电公司共产党员们接过薪火相传的旗帜。

旗帜是形象方向,更是使命责任。

七十年前,在这里,勇士们旗帜所向是夺取胜利;七十年后,同样在这里,队员们旗帜所向是传播光明。

七十年前,勇士们以血肉之躯,锻造了团结一心、奋力拼搏、甘愿奉献、敢于胜利的"十人桥精神";七十年后,共产党员服务队秉持忠诚担当、求实创新、追求卓越、奉献光明的电力精神续写传奇。

"十人桥精神"与电力精神都蕴含奉献的情怀、展现责任的担当、延续奋斗的追求,都是一脉相承的红色基因。

红色,是中国人钟爱的颜色,像火炬燃烧,让人振奋;像明灯闪耀,令人自豪。

1616平方公里的钟吾大地、陵山沭水因有这抹红,钟灵毓秀,激情四溢,豪情满怀,令人心旷神怡。

同一面红色旗帜下,一群信念相同的人,奔赴同一个目标:

为人民谋幸福，为人民送光明。

人民就是江山，江山就是人民！

一座城的温暖记忆

千秋伟业，薪火相传。讲好"十人桥"故事，弘扬"十人桥精神"，始终与人民风雨同舟，与人民心心相印。

从接过旗帜的那一刻起，"十人桥"共产党员服务队就成为国家电网与新沂这片红色土地的"连心桥"，电的光与热从他们身上源源不断地传输到广袤城乡。

为美好生活充电，为美丽中国赋能。

新沂市花厅路上，一排电杆，承载10千伏高压。

华泰豪庭小区地下车库南门改造后，这排电杆正对着车库出口，汽车进出车库时不时会擦碰到电杆，既不方便，更不安全。

看上去，这是一些小区内司空见惯的小事，但是当这件事进入国网新沂市供电公司党委的视线中，小事不小了。

"我为群众办实事"实在哪里？

关涉群众日常生活、利益的事，无论大小都是实事。

"十人桥"共产党员服务队走进小区。

他们召集小区物业、周边店主反复会商，制订出最佳迁改方案，最终解决了这一问题，消除了安全隐患，也没有影响小区居民正常用电。

无独有偶。

城关景苑小区建成后,业主纷纷入住,他们发现原有的变压器影响行人通行。"十人桥"共产党员服务队也是不等不靠,多次到现场协调,最终顺利完成变压器迁移工作。

寒来暑往无穷尽,风雨无阻送光明。

在新沂的大街小巷、村舍田间,头戴小红帽、身穿红马甲的"十人桥"共产党员服务队已然是流动的风景。他们走进千家万户,迎着明媚的朝霞,披着和煦的晚风,浑身散发出热情和力量,宛如七十多年前的那一群人,穿着军装的那一群人,扛着枪、唱着歌,打着绑腿,背着干粮,行进在沂河边的晨雾或暮霭之中。

2020年年初,新冠病毒感染疫情凶猛来袭。

"身为党员就要冲锋在前,做抗疫逆行者!"

"十人桥"共产党员服务队又站到了疫情防控最前沿,党旗在第一线高高飘扬。

助力美丽乡村建设,"十人桥"共产党员服务队依然冲锋在前。

新店镇窑连村位于马陵山西麓,村民素以种植小麦、玉米、红薯为生,多年来收成一直不佳,是出名的经济薄弱村。

2021年年初,窑连村争取到上级扶贫资金,建成了660亩碧根果产业园,积极改善贫穷落后面貌。

在扶贫帮困的队列中,"十人桥"共产党员服务队同样没有缺席。

他们为产业园安装400千伏安变压器1台,架设10千伏线路0.9千米、低压线路1.8千米,安装电表10只,提前15天完成送电任务。

电到了马陵山西麓的那一瞬,窑连村村民的心都沸腾了!

传承红色基因,履行央企责任。

"回迁房里亮堂堂,供电师傅主动忙。"新沂市合沟镇青石村渔湾新村小区的杨大妈,看着亮起来的灯具、转起来的洗衣机,兴高采烈地说起了"顺口溜",引来了邻居们的一阵欢笑声。

渔湾新村二期回迁安置小区工程始建于2021年4月,自建造开始,从基建用电、日常安全用电检查到正式送电,随处可见"十人桥"共产党员服务队的身影。

为了83户回迁安置户用电无忧,队员们把忙碌作为一份责任,也分享着"电亮了!"的那份愉悦。

"小朋友们,大家知道生活中有哪些安全用电注意事项吗?"在国网新沂市供电公司窑湾防触电示范基地,"十人桥"共产党员服务队与新沂市窑湾镇中心小学学生进行了现场互动交流。

通过VR虚拟现实、形体感知等技术,将用电安全宣教融入场景体验当中,引导学生思考"什么是电、电从哪来""如何防触电""如何安全用电",让孩子们带着问题学习安全用电知识,了解用电常识、触电危险行为,学习相应的防护和急救措施,从而降低触电人身伤害风险。

特困家庭、五保户、孤老户、残疾家庭那里,也有"十人桥"共产党员服务队温馨的"爱心卡"。

队员们建立年度服务 24 节气表，设立驻区电力安全辅导员和电力服务咨询师，开展特色服务、超前服务、分级服务、个性服务，让老人们安享晚年，让特困家庭多一些温暖，让残疾人感受到活着的希望与尊严。

人人都是一座桥墩，人人争当一面桥板，人人都是一座铁血红桥！因为一座桥，他们沐浴荣光，也义无反顾地扛起责任；为着一方热土，他们恪守初心，无怨无悔地践行使命。

他们，散是满天星，聚是一团火；他们，是一座城的温暖记忆。

第二章

葛浩的神圣使命

高举旗帜，凝聚力量。永远跟党走，奋进新时代。

2021年9月26日，中国共产党徐州市第十三次代表大会在徐州市会议中心隆重开幕，来自徐州市各条战线的党代表，胸佩鲜红的党代会出席证，满怀激动的心情步入会场。葛浩是500多名党代表中的一员。

作为国网江苏电力"十人桥"共产党员服务队葛浩分队队长，近年来获得多项荣誉：

入选2020—2021年"德润钟吾——感动新沂人物"；

当选为"徐州好人""徐州市乡村振兴青年先锋""徐州市第十三次党代会代表"；

荣获江苏省"文明职工"，江苏省农电有限公司"先进工作者"，国网徐州供电公司"抗疫保电先进个人"，徐电楷模"金手印"奖；

获得国家电网公司"抗击新冠肺炎疫情先进个人""优秀共产党员""服务脱贫攻坚先进个人"等三项荣誉。

两年间，获得县级表彰1次、市级表彰6次、省级表彰2次、国家电网公司表彰3次，这在基层供电系统是罕见的。

葛浩是谁？有着怎样的人生经历？

电力人要到大山村去挂职

2018年1月，葛浩转任合沟供电所技术员，决心在新的岗位上干出一番业绩。

2018年10月下旬，秋高气爽。葛浩清楚地记得这个日子，是因为那天发生了一件"大事"。

国网新沂市供电公司党委主要领导把葛浩叫去，同他进行了一次谈话："瓦窑镇大山村党支部被上级党委确定为'软弱涣散村党组织'，省委组织部命新沂市委挑选一名德才兼备的优秀党员到大山村去挂职，要求两年内摘掉'软弱涣散村'的落后帽子。"

领导停顿了一下，微笑地望着葛浩，接着说道："新沂市委把这个光荣而艰巨的任务下达给我们，让我们推荐一名人选。今天把你请来，就想听听你的想法。"

葛浩纳闷：这么重要的事情，我哪有什么想法呢？咱们单位人才济济，符合条件的人选多的去了，特别是那些供电所所长，他们管理经验丰富，协调能力突出，随便安排一个都能够把一个行政村管好。

葛浩就说:"哪个所长都可以呀。"

领导哈哈大笑,看来他没有理解自己的意思。于是又对葛浩说:"除了所长,你感觉还有哪个人最合适?"

"这……"葛浩一时语塞。

领导说出了自己的想法:"你参加工作以来的十几年间,各方面的表现都很出色,得到了供电所职工和当地群众的一致好评。公司党委经过慎重考虑,认真研究,认为你年富力强,是完成这个任务的最佳人选。这次推荐你去大山村挂职,我们相信你一定会不负众望。"

葛浩愣住了,思忖:我虽然长期生活在农村,但是没有当村干部的经验,这个担子对于我来说太沉重了!可是他没有说出口,只是不断地点头,算是领受了任务。

回到家里,吃过晚饭,趁着家人情绪放松的时机,葛浩对家人说起这件"大事"。他本以为父亲的工作最难做,没想到首先提出反对意见的却是他一贯温和的母亲:"你在供电所干了一二十年了,能有个稳定的工作就不错。当村干部能当出什么前途来?你父亲干了那么多年村会计,不贪不占的'红管家',一辈子也没见到有多大的出息!"

葛浩的爱人沈娟担心的问题和婆婆不同,但也不支持丈夫:"不是我不支持你去挂职,我也没埋由阻拦你去大山村,可是你想过没有,要负责一个村的工作你是个生手,一切都得从头学起,供电业务也会生疏。如果村里老百姓对你失望了,你还有脸再回原岗位吗？反过来说，如果村里老百姓对你很满意，组织上让你在那儿扎根怎么办？"爱人的提醒，正是葛浩暗暗担心的。

葛浩能够感觉到，婆媳俩阻止他去挂职，可能还有另外一层意思，那就是心疼他，怕他在大山村吃的苦要大、要多。看着母亲的满头白发和妻子关切的眼神，葛浩陷入沉思，过往的工作经历，一幕幕浮现在眼前——

2002年8月，葛浩高中毕业后走进了马陵山供电所，成为一名学徒工。他在一线岗位上边学边干，刻苦钻研书本知识，工作中随时请教带教的师傅和身边年长的同事，苦脏累的活儿他总是冲在前头，业务水平年年提升，为人处世也得到了全所职工的认可。

2010年，27岁的葛浩光荣地加入中国共产党。"从入党那一天开始我就认定，一个共产党员应时时不忘肩负的神圣使命。"他是这样说的，也是这样做的。

2012年4月，葛浩被调到双塘供电所当技术员。葛浩知道，从一名普通农电工成长为供电所技术员，是上级组织对他的肯定。技术员既是职务，更是职责，工作内容庞杂，责任重大。在供电所，没有一项业务工作是和技术员无关的，一名业务技术和工作作风过硬的优秀技术员，是所长抓好全所工作的得力助手。葛浩一丝不苟，把一个技术员负责的工作干得井井有条，在上级组织的多次检查中都得到了好评。

6年间，双塘镇的配电变压器由2012年年初的80多台，增加到2017年的207台，户均容量由原来的1.3千伏安增加到4.9千伏安，供电可靠性大幅提升。

2018年1月，葛浩离开双塘镇，转任合沟供电所技术员。在这个岗位上才干了九个月，组织上就安排他换岗，并且是到自己完全不熟悉的领域，葛浩既舍不得自己热爱的工作，又担心新的工作无法开展，左右为难起来。母亲和妻子的态度，进一步影响到他，他忍不住叹起气来。

"叹什么气？一个共产党员首先要做到的是什么？坚决听从党的教导，党叫干啥就干啥。上级领导安排你去大山村，说明大山村的百姓需要你，说明领导相信你到那儿能干好，有能力带领大山村群众走上共同富裕之路。"葛浩心中一凛，猛然惊醒，这才发现父亲是在激励他，"只要你把那里乡亲的事当成自己的事，就一定能干好！"

父亲当过多年村干部，经验丰富，为人正派，在葛浩心中分量很重。父亲的一番话，坚定了葛浩到大山村去闯一闯的信心。

"娘家人"伸出的温暖手

2018年10月31日，江苏省委组织部选派葛浩到新沂市瓦窑镇大山村担任党支部第一书记。

一到大山村，葛浩就开始走村串户、调查摸底。舒适的阳光、和煦的秋风让他愉悦，而了解到的情况又令他沉重。经过十多天的默默忙碌，葛浩大体了解了大山村的情况：地处偏僻，全村986户，人口2857人，村民居住分散，整体经济条件、农民人均收入居全镇末位。

摸到这个"底"，葛浩这才组织召开村班子成员和全村党员代表会议，带领大家学习习近平总书记关于加强基层党组织建设的重要论述，明确了大山村基层党组织建设的方向。

新的大山村党支部成立后，对支委会5名成员的工作进行了分工。除了常规的各自职责范围，每个支委还分别负责帮扶3户贫困户，限期脱贫。村务工作方面，党支部第一书记葛浩主要是做好与镇党委政府、上级部门的协调工作，负责村里的基础设施建设、经济发展项目及水产养殖、梨园扩大等项目的资金管理和实施。

"我就是来给大家跑腿儿的！"葛浩声音不大，但态度坚决。大山村党支部推出的"四抓四强"一系列富民措施，切合本村实际，让村民们实实在在地看到了希望。

2018年年底，大山村200余亩特种水产养殖场变更养殖项目。由于地处偏远，附近没有为制氧设备供电的电源点，只能养殖一些经济价值较低的鱼种，许多经济价值高但需氧量大的鱼种根本无法养殖，严重影响了水产养殖场的经济效益和村集体收入。

葛浩向国网新沂市供电公司党委汇报大山村遇到的难题，公司领导高度重视，立即安排相关部门进行现场勘查，确定台区迁移位置，制订台区迁改方案。葛浩全程协助跟进，迅速利用"网上国网"APP为村里的鱼塘办理了动力户用电手续。

第二章 葛浩的神圣使命

2019年的春天,在葛浩的人生中很不寻常,生活被各种忙碌充满,他也被"娘家人"的关心支持温暖着。

2019年3月,为方便葛浩在大山村顺利开展工作,国网新沂市供电公司党委决定,将挂职的葛浩从合沟供电所技术员提任到瓦窑供电所任副所长。

这个"调动"和"提任"是多大的支持啊!葛浩干劲倍增,大山村特种水产养殖场很快完成了供电台区的迁改工作。国网新沂市供电公司又为大山村敷设1300多米低压供电线路,保证了特种水产养殖场在变更养殖项目后第一时间制氧机能够开动起来。

有了供氧电源,特种水产养殖场适时足量地撒放了鲤鱼、鲢鱼、螃蟹等需氧量大、经济效益好的鱼种,当年就增收获益50余万元。

养鱼的问题解决了。此时春耕在即,葛浩想到要确保村民春耕用电,不误农时。他和全所员工一起奋战几个昼夜,完成了全村3所排灌站电力设备的检修维护工作。

葛浩还不放心,专门到丁场组走访,了解到400余亩有机稻田,灌溉都是使用柴油机发电,柴油机不光笨重、噪音大,而且费用高。如何把线路架设到田间地头,让老百姓用上电灌溉,葛浩决定还是请"娘家人"来帮忙。

于是,葛浩对村民们说:"请放心,我们马上上报,特事特办,争取今年夏季就彻底告别柴油机发电。"

夏收刚过,6月中旬,丁场组有机稻田"油改电"项目如期开工。烈日下,葛浩和村组干部群众、供电所职工一起,清理超高的树木,拆除搭建的杂物，3天时间在稻田立起32基电杆，架设低压线路1.2千米。

丁场组"油改电"项目的实施，不仅每年可节省数万元费用，还能减少环境污染，减轻村民的劳动强度。村民的笑容藏也藏不住，无不拍手称快。

"富驰家园"是大山村居民集聚区，也是葛浩到任后规划实施的"特色田园乡村"建设项目。作为瓦窑镇农民改善住房条件的首批示范点，工程自2019年3月份开工，从办理施工临时用电、正式用电手续到装修入住，供电所全程为村民提供用电保障，实现了312户搬迁安置。葛浩采取"临时用电先办理、正式用电后期补办"的灵活变通办法，让先期搬入的村民入住当天就用上了电。

作为实现乡村振兴战略的目标之一，特色田园乡村建设展现了富有活力的新时代美好乡村，呈现了田园乡村与城市交相辉映、融合共生的生动图景，形成了有影响力的"特色田园"效应。2020年7月，"富驰家园"被评为"江苏省特色田园乡村"。

奋战到2020年年底，大山村新建低压线路6800多米，改造及新建10千伏中压线路7000多米，新增400千伏安变压器2台，"强网工程"建设配合大山村人居环境整治，累计电网投入330多万元，在新沂市率先实现乡村田园电力网络全覆盖。这就是说，大山村不仅改善了居民用电条件，就连每一处耕地都实现了供电，村民们再也不用担心供电问题了。

农网升级改造带动了大山村种植业和村集体产业的快速发展。

许多村民纷纷建起蔬菜大棚、花卉大棚、果树大棚。有了供电保障，村里的彩砖厂也提高产能，新上了两条生产线，产品除了在本地畅销，还外销至安徽、山东、河北等地，仅此一项当年就为村集体增加了80余万元的收入。

"电流，电流，有电就能流，有流才会动。"村民们最朴实的话，不仅道出了百姓的欣喜之情，也道出了乡村建设的关键环节。

大山村的甜酥梨成熟了

甜酥梨是大山村的一个特色品牌。如何利用好这个特色品牌，才能增加群众的收入？带着这个问题，葛浩对甜酥梨种植做了专题考察调研，思考甜酥梨这个品牌怎样才能走出新沂。

他倾听老党员和群众的意见，他开展市场化分析和品牌化研究，最终形成了产业化发展思路——欲扩大品牌影响，必先扩大规模。村党支部在充分尊重村民意愿的前提下，制订了拓植甜酥梨200亩项目规划。

2019年9月初，大山村的甜酥梨成熟了。优质甜酥梨获得丰收，果农却发起愁来，他们开始担心销路：小商小贩一口吃不下去那么多，大的商家一时又很难找到。

葛浩对果农只说了句"不用愁"，就行动起来。一方面加大甜酥梨的宣传力度，边宣传边销售，以宣促销、以销促宣；另一方面走出新沂，多方联系，在苏北和鲁南地区扩大品牌影响力，让甜酥梨无脚走遍天涯；第三是开展网上销售，通过"慧农帮"扶贫平台，联系企业员工和爱心客户，积极参与网上"爱心订购"活动……

当季，全村的甜酥梨不仅全部售出，没有出现滞销、腐烂的情况，还在方圆百余公里产生了品牌效应，为下一年的畅销打下了基础。

"宣销并举、四处出击、网上开花"的销售方式，一下子成为法宝，不仅引来了邻村的参观者，也引来了外地的"取经人"。

在新沂地区乃至苏鲁交界都小有名气的，还有大山村的有机大米。由于种植分散、曾长期采用柴油机抽水灌溉，种植成本较高，在与市场上同类大米竞争中，缺乏价格优势。村民为了将有机大米售出，压价甚至保本出售的情况并不少见。

听到这些，葛浩痛心不已。当地村民都知道，葛浩的"娘家"是他所在的供电公司，"婆家"是他挂职的大山村。每逢"婆家"遇到难题，他就想到求助"娘家"，这次为村民销售大山村有机大米也不例外。

徐州和新沂两级供电公司的领导得到大山村有机大米待销的信息，立即向全公司员工推荐。一时间，购买大山村有机大米成了徐州供电系统职工的"热门话题"。葛浩带着村民开车拉上有机大米，跑新沂城乡各个供电所，跑贾汪区和铜山区，跑邳州、丰县和沛县等地，开展送货上门服务。

第二章 葛浩的神圣使命

2020年4月初，葛浩带农户到邳州各个供电所送有机大米。正值新冠病毒感染疫情紧张时期，和山东搭界的邳州，疫情管控更加严格，所经过的村都只有一个入口，往往绕了很多路才能送到一家供电所。因疫情影响，路上很难找到吃饭的地方，他们都是从大山村出发前就带足当天的干粮和水。一天跑下来，人都累散了架。

除了求助供电系统，葛浩跑遍了徐州地区大大小小的农产品销售市场，搞"展销"活动。

线下忙，线上也要忙。他总结线上销售大山梨的成功经验，利用"直播带货＋微信发动"方式，为村民们打开线上市场的销售大门。这些措施，不仅为村民销售10万余公斤有机大米，还通过与多家农产品批发商合作，签订了大山村有机大米常年供销协议。

2020年年初，新冠病毒感染疫情暴发之后，大山村在外地务工的村民纷纷返回。

由于疫情紧张，葛浩从大年初二一直坐镇在大山村疫情防控一线，半个多月没有回家。2月10日，他忙到晚上7点多还没来得及吃晚饭，正准备泡一袋方便面时，手机响了。

是女儿葛修宣用她妈妈的手机打来的。

"爸爸，你知道今天是什么日子吗？"

"让爸爸想想，是……元宵节吧？"

手机那头响起孩子和沈娟的笑声。

"什么元宵节啊，元宵节都过去两天了，今天是你的生日！

我妈说要是不打个电话提醒你，你准把生日给忘了。还真让妈给猜准了。爸爸，你在那安心工作吧，我们都很好，爷爷奶奶也让你不用牵挂他们。"

接着，手机屏"唰"地亮了，出现沈娟和孩子亲切的笑脸，齐声祝他生日快乐。

防疫期间，为了巩固脱贫成果，葛浩想尽办法让村民们不因疫情返贫。受疫情影响，大山村一些家庭经济收入减少。为解决这一问题，他将大山梨梨园扩建工程提前实施，列出收入较低的130余户，每家派出一人到梨园扩建工程上班，在家门口打工挣钱。

当年，大山村实现了新冠病毒肺炎"零感染"目标，全村没有一户因疫返贫。

老百姓忘不了这位第一书记

2020年12月31日，葛浩圆满完成了省委组织部交给他的挂职任务，卸任大山村第一书记，他没来得及和大山村的干部群众告别，就匆匆前往高流供电所报到了。村民张大海一再托人要向葛浩书记当面说声"谢谢"。

张大海40多岁，常年卧病在床，父母都已过世，他和奶奶一起生活，一直是奶奶在照顾。他身患"强直性肌肉萎缩"和"股骨头坏死"两种难治之症。强直性肌肉萎缩是以脊柱为主要病变部位的慢性病，累及骶髂关节，引起脊柱强直和纤维化，造成不同程度的眼、肺、肌肉和骨骼病变；而股骨头坏死，更是被人们称为"不死的癌症"，谈之色变。这两种病目前都没有根治的办法，只能保守治疗、缓解疼痛。

葛浩负责帮扶的3户贫困户中，有一户就是山西组的张大海。对于这样的困难家庭，葛浩虽然在生活上给予了许多物质帮助，但是无法为他们解决当务之急——这祖孙两个眼下最需要的是找一个护工。张大海的奶奶已经89岁，连自己都行动不便，遑论照顾孙子？但护工的月薪得五六千元，以村集体目前的状况，是很难单独为某一个贫困家庭每年支出七八万元的。

葛浩不放弃。他了解到张大海有个姐姐，叫张薇，出嫁到徐州，近年来从事厨房用品的网上销售，效益不错。葛浩和张薇联系上之后，在电话里谈到她娘家的情况，张薇说："我早有回娘家照顾他们的想法，毕竟是自己的亲奶奶、亲弟弟，他们已经没有别的亲人了，我不管不问于情于理都说不过去，可是他们现在住的房子太小，实在窝不下奶仨，要是另有一个住处，我立马就可以回去。"

张大海现在居住的房子邻边，还有他们家的一处老宅，3间土墙草屋，早已坍塌。葛浩经村班子研究并和张薇商定：由村里将相关情况上报镇农村房屋管理办公室，镇里现场核实后再上报县级主管部门，经过审核批准后就可以破土动工。手续办好后，张薇在老宅上翻建了3间平房，不仅顺利领取了房屋产权登记证书，还领取到了政府发放的6000多元危房改造补贴资金。

张薇高高兴兴地回到村里住了下来，全天候照顾奶奶和弟弟，还不影响做电商生意。在姐姐的照料下，张大海的病情稳定好转，奶奶的身体也硬朗起来。村民们都说村干部做了件大好事，不然，连邻居都替这个家愁死了。

张薇这次回来，看到乡亲们的经营意识普遍增强，很受启发，大胆承包村里20多亩土地搞大棚种植花卉，品种达100多个，在网上销售得很红火。

2019年和2020年，大山村人均年增收3200多元，2020年人均收入达1.9万元。2019年年底，经考评、验收，大山村摘掉了"软弱涣散村"的落后帽子，连续两年获得瓦窑镇各村综合评比第一名。

大山村的村民忘不了他们的第一书记，忘不了他走访贫困户家庭的身影，忘不了他在大山村的每片田地上洒下的心血和汗水。

2021年金秋时节，参加徐州市第十三次党代会归来后，葛浩干事创业的方向更明、劲头更足了。国网新沂市供电公司领导看在眼里，2021年12月21日，葛浩又一次被委以重任——到他的家乡马陵山镇任供电所所长、党支部书记。

马陵山镇位于新沂和宿迁两市的节点，陈毅元帅指挥著名宿北战役的马陵山前沿指挥所近在咫尺。马陵山风景名胜区为4A级旅游景区，沭河纵穿南北，235国道和新扬高速公路通过镇域，经济社会发展一直走在新沂市乡镇的前列，2019年入选"全国综合实力千强镇"。

作为新沂乃至徐州地区地理位置优越、经济发展实力较强的大镇，马陵山镇的供电工作队伍也需要一个领兵的强将。

重返曾经拼搏摔打了 10 年的这片故土，葛浩感慨万千。从 2002 年 8 月参加工作的那个学徒工，到今天这个供电所的当家人，转眼之间已经走过 20 个年头。

家乡，镌刻着他的过去，也指向他的未来。家乡孕育了他，乡亲们培养着他，回到家乡创造价值，并赢得家乡人的尊重。这个在马陵山下长大的电力人，这个在各种岗位上锤炼过的电力人，又会有什么样的不凡之举？

一个新的图景，在葛浩的脑海中显现，恰如马陵山，苍翠，笃定。

第三章

好人丁汉成

2020年和2021年这两年，对于丁汉成来说是喜事连连。

2020年，他光荣地加入中国共产党，这是丁汉成数十年梦寐以求的愿望。2020年11月3日，丁汉成获评"江苏好人"，是当月江苏电力系统唯一获此殊荣的员工；2020年12月，他又入选新沂市委宣传部、市文明办、市广播电视台联合举办的第二届"德润钟吾——感动新沂人物"；2021年2月被评为"徐州好人"，他的照片和事迹，长期在新沂市沭河之光的"好人园"里展示。

国网江苏电力"十人桥"共产党员服务队成立时，丁汉成成为服务队首批队员。在新沂人民群众的眼里，"十人桥"共产党员服务队是一个为了人民的利益无私奉献、冲锋在前的团队，代表了新沂供电系统的整体形象，公司每一个党员都因为是她的一员而骄傲。

一个好人一个点，两个好人一条线，三个好人成一片。生活在好人的世界里，电力人丁汉成是怎样传递温暖和光明的？

没鞋穿的穷孩子遇上好人

1963年8月，丁汉成出生在新沂东南部的邵店镇友谊村。

丁汉成出生时，家里已有一个哥哥和两个姐姐。由于家境贫寒，加上当时农村缺医少药，年仅7岁的哥哥被饥饿和病魔夺去了生命。父亲丁培云因病从部队提前复员回乡，全家生活的重担落到了母亲张耀兰的肩上。

那时，农村老百姓家孩子的上学年龄普遍偏晚。丁汉成11岁时才走进离家3公里远的友谊小学读书。打小就没穿过鞋的丁汉成，一年四季都光着脚丫进出学校。某年隆冬的一天，大雪纷飞，他冒着雪跑进教室，一双红红的脚丫子刺痛了班主任鲍桂英老师的心。她把丁汉成叫到跟前，伸出手指拃了拃丁汉成的脚。周末，鲍桂英老师丢下家里的事，到供销社买来新布料。白天没时间，她就晚上在油灯下飞针走线，为学生丁汉成赶做了一双千层底布鞋。

那是丁汉成打记事以来第一次受到父母之外的长辈的关爱，老师一针一线做成的那双千层底布鞋，他穿在脚上全身都暖乎乎的。他真的舍不得穿，想把老师的爱生之情珍存到永远。可是不行。每当他走进课堂，鲍桂英老师第一眼就会看他的双脚。他想了个办法，每天上学路上依然光着脚，到了学校大门口再把布鞋从书包里拿出来穿上，放学走出校门时再脱下来装进书包。

老师的关爱成了激励丁汉成刻苦学习的动力，他的成绩一直在全班名列前茅。

第三章 好人丁汉成

在丁汉成儿时的记忆中，母亲除了挣工分，夏秋两季下地干农活时都要背着粪箕和镰刀，收工后到河边、地头割一粪箕青草回来，在家门口晒干堆好，留到冬天给生产队喂牛换工分。每当看到母亲背着小山样的一粪箕青草从村路上缓缓地走来，他心里就非常难受。

1980年，17岁的丁汉成认为自己长大了，应该为父母分忧了。他不顾全家人的劝阻，初中还没念完便决定辍学回村务农。

当时生产队规定，整劳动力干一天农活记一个工10分，他不算整劳动力，只算大半个劳动力，只能记6分。比照上年度生产队年终分配的工值计算，一个工5分钱，丁汉成出工一天能挣3毛钱。

1982年秋，邵店教委办的朱大鹏老师来许墩村蹲点，一眼就看中了勤奋且忠厚的丁汉成。了解到丁汉成的父亲常年身体不好、家里太穷，朱大鹏就找村干部协调，让丁汉成去学校当临时代课老师，简称"临代"，月工资16元。干了不到两年，村党支部书记让他从学校回来，给他安排了个村里人人羡慕的美差——专职广播线路员。

不论是当"临代"，还是广播线路员，丁汉成从没有耽误过村里每天晚上的扫盲班义务教学工作，每晚雷打不动上两个小时。虽然没有分文报酬，但是能让目不识丁的乡亲们掌握文化知识，他非常乐意当这个扫盲班业余教师。就这样乐此不疲地教了好几年，直到全村扫盲工作结束。

让丁汉成没有想到的是，在扫盲班坚持不懈的义务教学中，竟然成就了一桩让他幸福终身的"千里姻缘"。

和丁汉成家一墙之隔的朱新仓、胡玉翠夫妇，和丁家是好邻居，惹得村里人人羡慕。胡玉翠有个外甥女叫叶翠侠，家住沭阳县悦来镇橡桐村，她不仅人长得好，而且善良、懂事，唯一的不足就是没念过书，识字不多。叶翠侠平常很少来姨娘家，最近一次来走亲戚，听说许墩村办了扫盲班，她便和姨娘说也要去扫盲班听课。胡玉翠说去呗，反正又不收学费。于是她就去听课了。

渐渐地，胡玉翠发觉，外甥女到姨娘家走亲戚越走越勤，在这儿住的天数也只增不减，像是把姨娘家当成她自己的家了。叶翠侠每晚都准时到扫盲班听课，风雨无阻，并且每次听课临出门时都拿出小镜子对着脸照来照去的，让胡玉翠有种说不出的担心。

那天晚上，胡玉翠悄悄来到扫盲班，站在窗外观察。丁汉成在讲台上专心教课，可她的外甥女坐在那里哪是听课啊。叶翠侠目不转睛地盯着丁汉成的脸发呆，丁汉成扫视全班学员时无意间扫到她一眼，她便倏地低下头，两手搓弄小辫子，老半天都不抬起头来。

胡玉翠心里就有底儿了。

当晚叶翠侠学习回来，在胡玉翠的追问下，叶翠侠大大方方地向她袒露了心事。

叶翠侠说："在老家，看好俺的托人介绍的不少，家庭也都比丁大哥家强。可是，俺就没见到过像丁大哥这样的，这么多年分文不取，坚持为乡亲们扫盲，这样心地善良的人将来一定坏不了。"

胡玉翠看外甥女小小年纪就有自己的主见，很高兴，第二天一早就登门提亲。丁汉成和他的父母都很满意。两个人相处一段时间后，丁汉成和叶翠侠专门去了趟沭阳。叶翠侠的父母见女儿领回来这么一个憨厚、敦实的小伙子，喜得合不拢嘴儿。

他们的婚期定在1985年8月27日，农历七月十二。结婚前，丁汉成给叶翠侠买了一件新棉袄、一条新裤子。他还想给叶翠侠再买点什么留喜事上用的，叶翠侠却说："不用再买了，这就已经很好啦！"

喜事第二天，丁汉成骑自行车带叶翠侠来到离邵店15公里的马陵山，参观著名的宿北战役中陈毅元帅所在的前沿指挥所。这，被他们誉为具有特殊纪念意义的红色"旅行结婚"。

1995年4月25日，丁汉成迎来他人生最重要的一次转折。

这一天，经许墩村党支部书记张一强提名、村领导班子集体研究决定：丁汉成任村电工，年薪400元，由村里发放。这是全村唯一的村电工名额。丁汉成后来才知道，在决定这名村电工人选之前，不知有多少人托关系说情，还有镇政府的干部来电话打招呼，那些说情人有的是村支书的至亲，有的是在许墩村蹲过点的镇领导，都被张一强书记给顶回去了，他一定要挑选一个村民们信得过的人。

从此，丁汉成在村电工这个他深爱的岗位上扎下了根。

后来丁汉成在回忆往事时说："我一辈子都不会忘记曾经遇到的那些好人，给我做千层底布鞋的慈母般的鲍桂英老师，邵店教委办的朱大鹏老师，安排我当专职广播线路员、当村电工的村支书、好邻居朱新仓、胡玉翠一家，还有大队会计朱怀朗。他家的日子并不宽裕，可每逢中秋节和年关上面发救济补助，朱会计都尽力为我们家争取名额……是那么多数不胜数的好人，给了我和家庭温暖，帮助我们家一次次渡过生活的难关。没有他们的相帮，就没有我丁汉成的今天。是他们时时激励我以他们为标杆，永远都要做像他们那样的好人。"

当上电工深夜来到村民家接电

2000年，农网改造结束后，村电工经过精简，统一聘用为乡镇供电所职工。丁汉成激动地说："我一定要加倍努力地工作，让大伙儿用上电、用好电，以自己的实际行动报答父老乡亲。"

丁汉成的工作量从一开始负责的1个村、3台变压器、400多个用户，逐渐增加到3个村、20台变压器、1400个用户。他把工作量的不断增大，当作是供电所领导对他的信任，因而他从未叫过苦，工作质量丝毫不打折扣，各项工作一直保持完成得最好。

2019年冬日凌晨4时许，正在梦中的邵店供电所员工刘建，被丁汉成的电话惊醒："刚刚我通过系统筛查，发现老庄村的一台变压器线损异常，请你快过来帮我检查一下。"

"天还没亮呢！"刘建嘟囔着，"上班后再去也不晚呀，你还让不让人睡觉啊！"

刘建虽然心里不太乐意，但还是迅速起床开车来到现场，发现丁汉成已经将线路周边的杂草、树木清理干净。刘建取出工具、器材，与丁汉成一起逐个排查电表箱、接户线，确实发现一处居民表计采集器出现了故障。他们检修了两个多小时，终于赶在用电高峰到来前排除了故障。

一天深夜，悦集村村民何增元家中突然停电，可把他急坏了。他那 77 岁的老父亲身患重病，大小便失禁，生活不能自理，还需要吸氧，摸黑不方便照料，所以家里不能缺电。

他拨打丁汉成电话的时候，心里七上八下，生怕丁汉成拒绝。没想到，丁汉成一口应允下来。

丁汉成冲进浓浓夜色，赶到何增元家中，打开手电筒仔细检查，发现断电的原因是电杆下线的铝线与进户铜芯线相交处氧化脱落。他熟练地处理好故障。

"谢谢你，这么快就让俺家通上了电！"何增元分外感激。

"谁家用电出了问题都不能耽搁，更何况你家有老年病人，当然更得尽快修好啊。"丁汉成的话很"家常"。

江苏省农电体制改革那年，经过统一招聘考试，丁汉成正式成为"在册农电工"。

成为正式电工后，丁汉成心里又有了新的想法："我要为困难群众做点事情。"

许墩村主干道长 1.5 公里，由于路基不实，每逢阴雨天，拖拉机的轮胎在泥泞的道路上翻腾，把路面弄得坑坑洼洼，给行人和行车都带来了极大不便。丁汉成发动全家每人拿起一把铁锨，奔走在长长的路面上，把坑洼之处铲平夯实。一场大雨之后，丁汉成傻眼了，道路又被拖拉机碾轧出了坑洼。他自掏腰包请了十几个工人，把路基夯实，又与镇砂石管理站负责人联系，买来14车共112吨砂子铺在路面。后来，村里道路硬化，把这条村主干道修为水泥路，丁汉成又积极参与到铺路施工中，全时段全天候现场服务。

垫付电费还出资安装40余盏路灯

2006年夏季的一天中午，在查修线路归来的途中，丁汉成发现老人苗加通坐在大树下，不紧不慢地摇着蒲扇，汗珠时不时滴到地上。

"苗大爷，这大热的天人家都在家吹电扇，你怎么在这儿受热啊？"

"不受热能咋的？俺家没有通电，家里还不如这儿凉快呢。"

说者无意，丁汉成的脸上却像是挨了重重一掌，火辣辣的。没想到，在自己分管的服务区内，还有至今都没通电的农户，你丁汉成的工作也太疏忽大意了。他这才记起来，苗加通老人既无老伴又无儿女，孤老头子一个，没有什么经济来源，哪来的钱接电？就算接通电了，电费咋办？

丁汉成当即查勘了老人的院子和房间，粗略设计好线路走向。

第二天，他在所里为老人办理了用电手续，带来电线、灯头、灯泡、开关、漏电保护器等电料，重新跑好了线路，又到镇上为老人买了一台电风扇。从那天起，除了按照政策每月减免15度电费，剩余费用都由丁汉成承担，直到2021年4月老人去世。

邵店镇西鲍村5组有一户人家，一共3口人，男孩庄艺，他还有一个年幼的妹妹和瘫痪在床的奶奶。

2005年，西鲍村的供电业务划归丁汉成负责，他决心尽快熟悉全村的用户。某天，丁汉成来到一户人家，在门外高声喊道："请问屋里有人吗？俺是抄电表的。"

里面传出一个大娘的声音："有人，你进来吧。"

进屋后丁汉成才发现，大娘瘫痪无法下床。

"大娘，怎么就你自己在家？你们家主人呢？"

"俺就是这个家的主人。去年老伴和儿子去世，儿媳说是外出打工，一去至今再无音信。她咋就那么狠心舍得丢下自己的儿女呢？唉，难为俺那孙儿庄艺了。他怕俺闷得慌，硬是花钱办了有线电视，让俺看节目。"说着话，大娘从枕头下面摸出一个小布包，一层层打开，里面有零零碎碎的纸票和硬币，"你看看电费该多少，俺给你。"

丁汉成环顾这个空荡荡一贫如洗的家，稍微值点钱的，就是大娘床前小柜子上那台破旧的黑白电视机。

"大娘，你把钱收好吧，我看过电表了，你们家……不欠电费。"丁汉成心情沉重地告别了大娘，离开了庄家。

原来，庄艺的爷爷和父亲2004年意外去世时，庄艺正在读初中，妹妹上小学。15岁的庄艺除了在校学习，回家还要做家务、照护奶奶，生活的艰难可想而知。

从那个月起，丁汉成每月都为庄艺家垫付电费，还为他们家支付了有线电视费，他还经常买生活用品去看望庄艺的奶奶。一次，庄艺家的电视机坏了，丁汉成帮忙送去镇上修理，修理人员说不能修了，已经没有修的价值了。丁汉成二话不说花了500多元购买了一台新电视机。为了让大娘相信还是原来那一台刚修好的，丁汉成特意买个同品牌同尺寸的。后来他还给庄艺家送去了电饭煲，好让庄艺在家做饭时节省时间。丁汉成为庄艺家垫付了5年的电费和有线电视费，直到庄艺毕业后找到工作。

2009年10月的一天夜晚，许墩村村民蒋玉华的女儿在友谊小学上晚自习回来时，因为天黑村路没有照明，被一个村民开的手扶拖拉机迎面撞上，跌入路边的沟渠里。虽然蒋玉华的女儿经救治一段时间后康复了，但这个事故给全村人的心里蒙上了阴影，每到夜晚就没人敢摸黑在村路上行走了。

丁汉成很自责，认为这是他工作的失职，如果他早点为村民解决这件事，把全村每条路都安上路灯，那场事故就不会发生了。

丁汉成先是自己出资近万元购买了一批路灯，请同事一起把路灯安装到村里的主干道上；他每月从工资中拿出一部分，支付村里路灯的维修保养费和电费。等过段时间又积攒到一笔钱，他就再买一批路灯，把主干道上的旧路灯换下来装到小路上。前后10年，他给村里安装了40余盏路灯。每到天一黑，村里各条路上的路灯就齐刷刷地亮起，村民们再也不用担心走夜路不安全了。

路灯安装完毕，不能就此"万事大吉"，丁汉成经常会从村南巡视到村北，把所有路灯悉数检查一遍，一旦发现有故障的就及时予以修理或更换。如果你在村里发现一个人对着路灯上看下看，那多半就是好人丁汉成。

也是那几年，丁汉成负责4个村的群众用电，他几乎把所有的时间都献给了他们，不分雨雪霜冻，不分白天深夜，只要一个电话，他就会第一时间出现在用户需要的地方。能吃一顿安稳饭、睡一个通宵觉，对他来说是最奢侈的享受。

一句承诺改变了女孩子的命运

丁汉成说："在我们身边，帮助别人的人越多，这个社会就越可爱。你送出一片阳光，就有可能温暖他人的整个人生之路，改变一个人终生的命运。"

刘丹，15岁，邵店镇悦集村人，一个有着特殊体育天赋的花季女孩。由于家庭生活困难，交不起学费，正上小学五年级的她即将辍学回家。

丁汉成得知后，心急火燎地找到刘丹的父亲。

"你们家生活再困难，都不能让孩子辍学，这会毁了孩子一生的！"

"交不起学费咋办？你给？"

"我给！"

丁汉成为刘丹垫付了学费，助她重返课堂。

后来，刘丹参加中学生体育竞赛时被徐州体校举重队看好，直接被招走。

在徐州体校学习的3年间，都由丁汉成提供刘丹的生活费用。3年后刘丹被省体校招录，学习和生活费用均不用个人负担，丁汉成才停止资助。

2008年，刘丹在参加全国性体育比赛中崭露头角，被国家队选中。教练发现她摔跤的潜质比举重更好，遂让她进入摔跤队训练。在国家摔跤队期间，她多次参加国内摔跤比赛均获得好成绩。

2013年，刘丹从国家队退役。受丁汉成的影响，她主动提出，去云南一个偏僻的、条件艰苦的大山里支教，为培养当地的孩子出份力。

2020年7月，刘丹的爷爷去世，她和爱人从外地赶回来。丧事结束后，夫妻登门看望恩人丁汉成，在他面前深深地鞠了一躬，随之泪如雨下。

刘丹哽咽着说："没有您这位大恩人，就没有我的今天……"

那几年，丁汉成从每月的工资中拿出至少一半来资助刘丹上学，丁汉成的妻子叶翠侠是不太理解的，甚至埋怨，认为他资助刘丹的数额太大，自家的日子因此变得紧巴了。

今天，当她看到一个本来前途无望的孩子，在丁汉成的资助下改变了一生的命运，成为心灵高尚、对社会有用的人才，她终于理解了丈夫的良苦用心。

家有贤妻为乡亲购买消毒柜

2013年夏季的一天，老庄村一位中年妇女找到丁汉成家里，以"兴师问罪"的口气质问丁汉成：

"这些年你好事做了一火车，咋不把俺们村民的饮用水给改改呢？你没看到如今俺们的健康意识也提高了吗？"

丁汉成一时目瞪口呆，无言以对。

中年妇女走后，她那句质问的话在叶翠侠的耳边久久地回响。

自从结婚至今，丁汉成的人生和事业一步一个脚印，叶翠侠也不愿意拖丈夫的后腿，她精心操持家务、照顾老人，做好后勤服务，让丁汉成安心工作。平时，丁汉成一有空就刻苦钻研业务，无形中对她也是一种鞭策和激励。近几年她也开始注重学习，掌握现代生活必需的知识，包括如何使用电脑。今天来的这位并没有什么文化知识的普普通通的农家妇女，竟能想到通过改善生活用水的条件提高健康水平。这给了叶翠侠很大启发。

当晚，叶翠侠打开电脑，上网查询相关知识和信息，多家净水设备宣传广告跳了出来。次日，她跟丁汉成说要回沭阳娘家待几天，其实是赶往安徽滁州、浙江杭州、宁波等地的厂家实地"考察"

去了。叶翠侠最后选定了重视售后服务的一家净水设备厂，贷款5万元交了厂家售后维修保证金，签约成为徐州地区总代理。

丁汉成得知后赞扬她："你终于从灶台走了出来，由一个家庭厨娘的角色转换成'总代理'了。这真是观念更新天地宽。"

叶翠侠代理的这个厂家的净水设备，不仅质量过关，而且售后服务信誉好，受到很多用户的欢迎。很快，叶翠侠建成了稳定的销售服务团队，生意做得风生水起。

她跟丁汉成说："最近，俺要和你出去旅游一次！"

丁汉成听了很高兴，不假思索地表示赞成，转而，那张脸就苦下来了。

"你不是有意为难我吗？从今年年初起，我的业务范围又扩大了，负责西鲍、悦集、老庄、许墩4个村2024户的用电服务，出去旅游脱不开身啊？"

叶翠侠笑笑："这是时隔35年之后，俺们夫妻的第二次红色旅行。35年前参观的是陈毅元帅指挥宿北战役的前沿指挥所，这次还是不出新沂境内，去堰头瞻仰十人桥，来回只要半天时间。"

丁汉成转忧为喜。

第二天上午，丁汉成陪叶翠侠来到堰头，参观了十人桥原址和淮海战役十人桥纪念园。在十人桥和纪念碑前，叶翠侠始终沉默不语；来到纪念碑北侧，望着寂静、肃穆的烈士墓园，望着墓园里的一排排墓碑，想到长眠在地下的烈士英灵，叶翠侠哽咽着说："是你们的牺牲换来了俺们今天的幸福生活，可如今的好日子你们连见都没见到过啊……"

十人桥之行归来的当天晚上,叶翠侠和丁汉成进行了自结婚以来,并不多见的郑重其事的促膝长谈:"看到那么多的烈士长眠在墓园里,俺心里真不是个滋味。现在想为这些先烈做点什么也不可能了,他们受用不到了。但是,如今和平年代,有多少正在服役的子弟兵,为了保卫国家、保护我们老百姓而日夜驻守在边疆,坚守在各自的岗位上。一想到他们,俺这心就安不下来。"

丁汉成似乎意识到了什么:"你是不是想为咱们的子弟兵做点什么?"

"你是'十人桥'共产党员服务队队员,俺是你这个服务队员的家属啊,俺也不能落后。跟你说掏心窝子的话,从一开始决定代理净水设备品牌,就不是为了赚钱留自家用的。咱们的两个孩子都很争气,儿子结婚、女儿出嫁,他们过得都很好;孩子的爷爷、奶奶也都已终老过世,俺还需要那么多钱做什么?"叶翠侠拉着丁汉成的手坐了下来。

"你从当年的扫盲班到今天,做的好事、善事有一大箩筐,庄亲庄邻和俺拉呱时,有人羡慕俺摊了个好丈夫,对待孤寡贫困的老人像他们的儿子一样孝顺。也有人说你憨,辛辛苦苦挣点钱又都让你给撒出去了。俺不认为你憨。俺第一眼见到你,就认定你是个好人。"叶翠侠望着丁汉成笑。

"你帮的人越多,俺心里就越踏实,也感觉俺的思想境界和你越差越远。俺也想像你一样,为社会做点贡献,可又不愿意在资金上拖累你。为了不让本镇在外服役的军人担心家里的饮食安全，俺想给他们每家买一台消毒柜。"叶翠侠向丁汉成说出了埋藏在心底的想法。

丁汉成分外激动，说道："这真叫'不是一家人不进一家门'，你的想法太好了，我完全支持。咱们得先了解一下，邵店镇的现役军人共有多少，他们老家的住址在哪里，需要支出多少钱，心里好有个底。"

叶翠侠和相关部门联系得知，全镇现役军人家庭共168户。她和丁汉成匡算了一下，一台消毒柜出厂价500元，168台共8.4万元，加上运费和雇人挨家挨户送货的费用，10万元是够用的。

丁汉成建议："干脆捎带着再为镇上敬老院免费安装净水消毒柜，把老人们的饮水问题也一并解决了。"

消毒柜一批批到来——为全镇现役军人家庭送货上门，成为邵店镇一道引人驻足观看的亮丽风景。

为了丰富农村留守儿童的文化生活，丁汉成将自己的家改造成留守儿童基地，自费购买600余套书籍、2个篮球架、1张乒乓球桌和几副羽毛球拍，无偿供孩子们学习和玩耍，每逢周末还为少年儿童免费放映革命传统教育影片，引导孩子们从小做到德智体美全面发展，培养他们的爱国主义精神。

丁汉成的儿子丁伟，在邵店镇集市上搞电动车修理，后来发展到经销电动车。有了利润后，他首先想到的是以自己的父母为榜样，为邵店小学捐赠了一个足球场的全部设施，包括运动员服装。

第四章

为了33座变电站安全运行

老人在子女的扶持下半躺着，示意晁成林把床头柜上的纸和笔拿给他。老人的手不住地颤抖，吃力地、歪歪斜斜地写下几个字："千万注意安全！"

晁成林的泪水顿时夺眶而出。这是父亲临终前对他的唯一叮嘱。他永远忘不了父亲用尽毕生之力写下的那六个字，虚弱、轻浅，但包含着千言万语，似万钧雷霆。

当时正是220千伏徐连输变电工程姚湖变电站建设的关键时期。晁成林既想好好陪伴病重的父亲，又不愿意因他的私事耽误了工程建设的进度。往往轮到他陪护时，他却在工地上忙碌，不得不打电话请别的兄长代他。晁成林连日连夜在工地加班，终于迎来了变电站送电成功。

当他风尘仆仆地赶到病房，想把这个消息告诉病榻上的父亲时，父亲已经不能再发声了。父亲的嘴唇翕动着，晁成林把耳朵贴在他的嘴边都听不清说的是什么。兄长告诉晁成林:"医院已经下了病危通知书。今天父亲躺在病床上,目不转睛地盯着病房门外。我们都明白,父亲是在盼着你,等着见你最后一面……"

再大险情难不倒咱们的师傅

2021年7月25日,台风"烟花"在浙江沿海登陆,预计3日后过境新沂,过境时将有暴雨、局部大暴雨。

国网新沂市供电公司输变电运检中心资产管理专职、"十人桥"共产党员服务队队员晁成林,为保障全市变电站安全度汛,接到预报后立即对各变电站做了周密的布置。他带领班组成员,夜以继日地奋战在第一线。端子箱、机构箱受潮没有,水泵是否运转良好,排水管道是否畅通……几乎每一个细枝末节他都想到了。

此刻,台风"烟花"即将抵达,屋外的雨越下越大,晁成林的心还是悬了起来。他虽然对全市每一个变电站的防汛设施及其功能了然于胸,但还是担心这次防汛工作可能有疏漏之处。苦思冥想中,他的心里突然想到了位于市郊的一座变电站……

这座变电站刚建成时,其地平面比附近地基最高的民房还高出30厘米,排水管道也完全达到特大暴雨的排水要求。但是后来周边村民们建房互相攀比,建得越晚地基抬得越高,以致一些建房稍早的农户不得不将本来很坚固的住房推倒重建,就为了自家门前院里下雨不积水。长期下来，变电站便"窝"在了一片凹地里。还有一些村民在开挖地基时不注意，有的甚至擅自超出国土管理部门为其框定好的位置，毁坏了排水通道，每逢大雨变电站院里院外满是积水。今年雨季到来之前，投资重建变电站排水通道的项目已经落实，但是还没来得及施工，"烟花"倒先来赶场儿了。

晁成林带领班组成员开着抢修车冒雨赶到这个变电站时，院子里的水已经上涨到没膝深，开关室积水深度也达10厘米以上。设备带电部分离地面不过40厘米，照这样的势头，很快将造成"绝缘击穿"，后果不堪设想。

晁成林果断决定，先用水泵排出院子里的积水，再用防水沙袋临时封堵开关室的门，以保证设备安全。正要开动水泵排水，在变电站附近的村民赶来了，他们坚决不让排水。理由是：用水泵排出的水必然要经过农田，会冲毁他们地里正在生长的花生、玉米，造成的损失要怎么赔偿得先讲好。

晁成林意识到，村民提出的要求不无道理，但是，就算答应他们的赔偿要求，他们再提出先赔付，然后才能排水，该怎么办？那样的话，耽搁的将不仅仅是时间，变电站的设备安全就难以保证了。好在变电站离市区不远，他当即驱车赶到市内，买回长200米、直径200毫米的排水管道，从变电站展放到水沟边，院子里的积水通过排水管道流进沟渠里，未伤到村民一棵庄稼。

一场险情就这样排除了。和晁成林一起抢险的几名班组成员说："再难的险情都难不倒咱们的晁师傅。"

俺家从来没有吃午饭的习惯

晁成林的父亲晁儒勤解放初在新店小学教书，1957年5月至1958年12月任邵店中心小学校长。父亲工作的几十年里，不管调动多少单位，包括进机关部门担任领导职务，一直都不在家乡工作，很少有时间顾及家庭，他们兄妹7人都是母亲马昌华一手带大的。

家乡大冲村位于丘陵地带，农田种的都是旱作物，撒把种子望天收，遇上大旱之年颗粒无收的地块随处可见，贫穷落后在当地是出了名的。

那时，教小学的父亲每月的工资收入很低，还要攒下一部分留给生产队年终分配时还透支款，不还清当年的透支款，就领不到一家人的基本口粮。

晁成林5岁时就挎着篮子和母亲一起下地，母亲干集体农活，他剜野菜、割青草。七七菜、巴根草、抓秧草、香附子、双芽儿、老驴嫩……他不仅都认得，而且闭着眼放在鼻孔闻闻就能叫出它们的名儿。别看七七菜带刺儿扎手，做"豆豆菜"的话他最喜欢吃；双芽儿细条柔软，烧稀饭喝起来比菠菜还滑溜。他还知道香附子根能治病，有一次他肚子胀痛，母亲就是用香附子根烧水给他喝好的。

那年月，他家每天两顿饭都是稀的，母亲每顿都是让他们兄妹几个先吃饱，剩下才是她的。母亲一人带这么多孩子，腰被全家生活的重负压弯了，身体累垮了，可是对这个家、对每个孩子的期望却丝毫不减。

晃成林8岁那年，学校开学前，母亲对他说：你不能再跟娘下湖剜野菜割青草了，那样会耽误了你一辈子的前程。

于是，母亲把他送到了小学门口。

贫穷，成了晃成林暗下决心超过其他同学的动力。他的刻苦，他的学习成绩，在班里是公认的。

小学毕业后，上初中的学校离家远，路远的同学都带了中午饭，唯独他的书包是瘪的。中午休息时，同学们有说有笑地吃东西，他就低着头做作业。

一次，老师问他："晃成林同学，你怎么没带午饭啊？"

"老师，俺家从来都是一天只吃两顿饭，没有吃午饭的习惯。"

老师沉默了。

1984年晃成林初中毕业，以优异的成绩考入棋盘中学高中部。就在准备去棋盘中学报到的前一天晚上，父亲晃儒勤终止了他的上学梦。

"孩子，你在弟兄中最小，最近有文件规定，像我这样级别的国家干部，允许带爱人和一个子女'农转非'。我和你娘商量了，决定把这个'农转非'的名额给你，把户口转成非农业。"

城镇户口那可是花钱也买不来的香饽饽，晃成林欣喜若狂，期待着自己有一个能买煤、买粮的红本本。

可是，父亲是有条件的：他必须放弃学业，等待城里的企业招工。

开学那天，晃成林还是早早地徒步十多公里来到棋盘中学，躲在校门外的角落里，看着曾经一起学习多年的伙伴们有说有笑地走进学校，16岁的晁成林流泪了。

好运气来了，山都挡不住。这年新沂县供电局（现为国网新沂市供电公司）公开招录变电运行工，高中毕业生、初中毕业生各招10名，择优录取，前提是报考者必须为非农业户口。晁成林报了名，以优异的成绩被录取了。

父子俩终于成为单位的同事

有什么样的精神状态，就会有什么样的工作作风，就会有什么样的工作业绩。

晁成林庆幸自己刚参加工作就遇到了让他受益终身的两位师父：陈家栋和陈克仪。工作现场没有现成的纸笔，一有空闲时间，师父就用半截红砖头做笔、大地做纸，手把手教他练习"两票"的填写、技术问答、反事故演习、验收规范等。师父对晁成林爱是爱、严是严，工作中一丝一毫的疏忽都不放过。

刚走上变电运行岗位的晁成林，对这个行当的理论知识和实践知识都是一张白纸。通过学习，他懂得了一名变电运行工肩负的职责，要严格执行各项规程、制度，做好设备的运行维护、巡视检查、缺陷及事故处理工作；接受、执行调度命令，按规定认真填写、审核操作票，正确迅速地做好倒闸操作任务；受理、审查操作票，并办理工作许可手续，正确执行各项安全技术措施，参加施工验收；及时发现和汇报设备缺陷、异常运行情况，做好设备处缺工作；配合检修和试验人员进行设备的检修、调试；填写各种运行记录，按时抄录各种数据，做到准确无误，按规定做好交接班；参加站内组织的业务学习、考核、各种例会及安全活动；保管好安全用具及备件……一开始，晁成林觉得这些知识点和工作内容生涩难懂，枯燥乏味，经过学习，慢慢地融会贯通起来，兴趣大增。

陈克仪开导晁成林："不要认为我们成天奔波在变电运行一线，像个抢险突击队，就看不起这个工作，它可是关系到各级政府、所有厂矿企事业单位和千家万户的用电安全。只要你钻进去了，就会爱上它、痴迷它，到那时就算领导想给你换个工种，你都不愿意离开。"

陈家栋鼓励晁成林："越年轻越不要怕吃苦，要爱吃苦、敢吃苦、乐于吃苦，好钢都是淬炼出来的。"

两位师父成为晁成林以后几十年间做人做事的楷模，晁成林始终忘不了两位师父的言传身教，还有那一丝不苟的敬业精神和传帮带的热情。

学徒期间，晁成林参加了110千伏纪集变电站升压改造工程，结束后又到35千伏港头变电站摔打，到徐州电业局参加中级工培训，归来后被安排到220千伏平墩变电站任值班员。

这样普通的工作，却成为晁成林成长的路径，也给了晁成林前进的方向。1988年任35千伏北沟变电站班长，1989年起在35千伏阿湖变电站任4年班长，1993年重回220千伏平墩变电站。东西南北转战10年，班组换了六七个，随着对业务工作的日臻成熟，晁成林肩上的担子也越来越重。

先立业，后成家。1991年11月11日，晁成林和新沂化工机械厂职工陈静结婚。父亲晁儒勤给900元钱买了一张新婚大床。结婚不久，化工机械厂倒闭，陈静下岗在家。

1995年4月，他们的儿子晁昂出生，一家三口依然挤在10多平方米的蜗居里。

2001年，一场声势浩大的"三个代表"学习教育活动在全国展开。江苏省电力公司党委把新沂市供电局作为"三个代表"学习教育活动唯一的联系点。新沂市供电局党委把建设职工住房，作为检验"三个代表"学习教育成效、为民办实事的一项重要任务，搭上了这趟集资建房的末班车。

就这样，晁昂和众多电力职工的子女，拥有了一处职工宿舍——圣丰小区的家。在一个大院里，大人们一起谈论工作或生活，孩子们一同上学、放学，一同嬉闹、玩耍。

18年后，晁昂参加高考。猛然间，晁成林才发现，原先那个"胖墩墩"的儿子，如今已经变成英俊高大的帅小伙儿了。

高考成绩公布之后，晁成林问儿子："考得不错，准备报考哪所学校？"

晁昂调皮地说："子从父业如何？"

"电校？"晁成林疑惑地问道。

晁昂说："我早就想好了，就报考扬州大学电气工程自动化专业，将来毕业跟您当同事，咱爷俩并肩作战！"

2017年，晁昂大学毕业，参加了国网全国统一招考并被录取。2017年10月，晁昂与爸爸晁成林变为同事，一时成为周围人艳羡的美谈。

带病工作，百炼成钢的往事

人才成长都有一个磨炼的过程，实现成熟都需要实践的历练，只有多接几次"烫手的山芋"，才能激发潜能，真正百炼成钢。

2005年1月，37岁的晁成林光荣加入中国共产党。入党宣誓的那一刻，他的脑海里出现了两个画面：大冲村的村路上，那个挎着篮子和母亲一起下地种田的小男孩；高中开学那天，他躲在棋盘中学校门一侧，看同学们高高兴兴地走进校园……他问自己，如果我当时上高中、考大学，还会有当变电运行工的今天吗？我还能为新沂的供电事业、为老百姓做出这样的贡献吗？

晁成林脑海中的"这样"，到底是什么样子？

2006年4月16日晚上8时许，晁成林突然感觉上腹部疼痛难忍，后来疼痛部位逐渐移向脐部，是那种阵发性的胀痛和剧痛。恰在此时他接到调度指令：35千伏棋盘变电站1号主变开关远动合不上，必须进行人工操作。他立即带领员工驱车赶往30公里外的棋盘变电站。当处理完毕返回时，他的腹部疼痛更加剧烈，并且转移到右下腹，疼得他脸上的汗水"拉流儿"往下淌。他还想坚持，但同行的员工们坚决不答应，硬是开车把他送到新沂市人民医院。

经检查确诊，晁成林患的是急性阑尾炎，必须尽快手术。他恳求医生："能不能先保守治疗，服点止痛的药控制一下？眼下110千伏墨河变电站、110千伏双塘变电站正在进行增容改造，本来运行人员就不够，我这时候做手术会影响工程进度的。"

医生钦佩晁成林的敬业精神，关切地问他："是生命重要，还是工作重要，总得分出个轻重缓急吧？你这种情况，是典型的化脓性阑尾炎，发病凶险，如不及时手术，随时都可能危及生命。到那时要是命都保不住，哪个变电站工地你都去不了了。"

晁成林同意进行手术。可是手术后24小时还没过，晁成林就请求医生为他办理出院手续，他一天都不想待在医院里。

医生说："你开什么玩笑！阑尾切除手术，术后至少要5到7天才可以出院。"

医生向晁成林的爱人陈静交代："术后第一天要鼓励他下地活动，下地活动越早越好；排气以后要给予流质饮食，术后第二三天逐渐过渡到半流质饮食，干生冷硬、不易消化的食物不要沾；术后四五天如果没有明显的腹痛、腹胀，可以改为普通饮食。到那时才可考虑出院。能不能出院、什么时候出院，得医生说了算。"

躺在病床上的晁成林时时想着工地，但医生的话和他爱人陈静的劝说，也让他明白了，硬是提前出院身体会出大事，对工作反而不利。于是，他在病床上老老实实地待了4天。

这次住院，新沂市供电公司同事们轮流来看望晁成林，尤其是变电运行操作一班的员工们，一有空就跑来病房陪他。凡是来看他的，买点水果他就收下，现金分文不收。他对每一个来看望他的同事都重复一句话："你们不能坏了我的规矩。"

手术后第5天上午，晁成林坚决要求出院。医生拗不过他，看他恢复得不错，就为他办了出院手续。

2006年7月25日夜里，晁成林在员工的配合下，对110千伏新沂变电站开关、主变等重点设备接头进行测温。当他测到2号主变时，发现1023号刀闸温度达到102摄氏度，超出允许范围近一倍。他迅速向调度值班员汇报，调度员及时调整运行方式，检修人员也在第一时间停电处理，避免了一起重大安全事故的发生。

2006年7月26日晚上9时许，一场突如其来的暴风雨瞬间袭击新沂地区，刚从变电站回到家中的晁成林沉不住气了，有两座变电站需要手动排水，如不及时排水，雨水可能进入控制室，造成电网事故。由于雨太大，无法骑摩托车，他拦下一辆出租车，不料行驶到半道出租车雨刮器坏了，无法正常行驶。他蹚着路上的积水，一鼓作气跑了好几里路。当他打开控制室的大门时，值班的员工惊呆了。

经详细检查，110千伏新沂变电站排水正常。晁成林又带领员工驱车来到35千伏北沟变电站、35千伏时集变电站，及时打开排水泵，有效防止了雨水倒流，保证了设备的安全稳定运行。

晁成林告诫员工，变电运维中的验收工作，是变电站投入运行前的最后一道关口，必须牢牢把关，决不能有哪怕极不起眼儿的一点点疏忽。

有一次在验收设备时，晁成林检查发现避雷器与其他带电设备距离不够，比规定少了将近 1 厘米。虽然不到 1 厘米，却埋下了巨大的隐患。他立即要求施工单位返工，重新进行安装，直到安全距离完全符合标准，他才放下心来。

正是凭着这样一丝不苟的较真劲，晁成林负责主持验收的 20 座变电站，全部实现了一次性成功送电。

2009 年 6 月，新沂市供电公司新建的 110 千伏神山变电站和 110 千伏黑埠变电站投入运行。公司领导将晁成林调到公司生产技术部任供电可靠性专职。至 2011 年国家电网公司"三集五大"改革，取消生产技术部、变电工区、输变电检修工区、线路工区，人员、设备全部上划，成立徐州供电公司新沂检修分公司，正股级建制。机构优化调整后，易名为新沂运维站、输变电运检中心，晁成林一直负责资产及变电运检管理工作。

职责越来越重要，带领的职工越来越多，责任越来越大，但他的核心业务一天也没有离开过老本行。

好想家人一起过团圆的春节

工作间隙，想到体面慈祥的父亲，晁成林内心总是酸痛不已。至今，晁成林都对逝去的父亲怀着深深的负疚之情。

父亲晁儒勤查出患喉癌，对全家来说无异于晴天霹雳。老人在新沂市人民医院住院治疗，后来发现癌细胞有了转移，按照医生的建议到徐州医科大学附属医院治疗一段时间，又回到新沂市人民医院度过了生命的最后一段时日。

晁成林白天没时间陪父亲，就经常在夜间赶到父亲的病床前照料，看着父亲的身体一天比一天虚弱，他心里说不出地难受。

那天夜里，父亲拉着晁成林的手，声音嘶哑地说："你和陈静结婚不久她就下岗了，这么多年一直在家里没事干，租门面房卖服装，没赚到钱还砸进去不少，这些我都知道。你娘背地里不知跟我说过多少次，让我托托关系、投投门子给你媳妇找个事儿做——你也求过我，可是我拉不下这个脸、张不开那个口啊。当时就认为，党培养我几十年，我不能以权谋私让党失望。现在想想，和我一样从解放初就参加工作的国家干部，在位时有几个不为儿女考虑的？可你们兄弟几个，没有一人的饭碗是我给找的。父亲对不起你们……"

晁成林劝慰父亲："您千万不要有丝毫的内疚。我以前确实不理解，甚至在母亲跟前埋怨过您，但是现在回过头来看看，我在供电公司变电运维一线锻炼摔打这么多年，成为单位的技术骨干，公司上上下下都很器重我，这不是好事吗？"

把"摔打"当作好事的晁成林，工作起来就是头"老黄牛"。

1995年9月，新沂市供电局积极顺应改革发展的潮流，率先成立变电运行操作班。从1997年起，变电运行操作班分为两个班，以钟吾路为界,路东归操作一班负责,路西归操作二班负责。

操作一班由晁成林担任班长。

操作一班的管辖范围包括5个110千伏和10个35千伏变电站,送电面积达1000余平方公里,且电网接线复杂、供电负荷重,是新沂市供电局重要的核心班组之一。

从1997年到2009年,晁成林在变电运行操作一班班长的岗位上干了12年。"那些年,每逢下大雨等恶劣天气,别人朝家里跑,我们朝变电站跑。12年间,我和操作一班的全体员工,都没和家人过过一个完整的中秋节和春节。"晁成林说。

变电运行操作一班共16名员工,要负责10多座变电站的操作、巡视、维护和故障处理等,一人要顶几个人用,每个人都得是冲锋陷阵、能打硬仗的尖兵。关键时刻能够拉得出、打得响,是对这支队伍素质的基本要求。

晁成林发扬当年两位师父带他时的精神,为提高班组员工的业务技能,提升驾驭电网复杂局面的能力,他坚持开展培训工作,带领员工从基础抓起,学习业务知识。无论是例行巡视,还是检修现场,晁成林都会给青年员工讲解设备操作规范、安全注意事项,传授现场工作经验。工作之余,他还主动询问了解大家的学习情况,对员工掌握不到位的知识点进行补充讲解。

每周开展一次事故案例分析,每月制订安全知识培训计划,每季度进行一次安全知识考试,现场讲解接线方式和保护配置,探索管理新模式,掌握设备运行状况……晁成林的方法很奏效。

通过定期的理论知识培训和现场操作演练，员工对设备异常的分析判断能力明显提升，班组综合素质整体提高。

晁成林认真履行岗位职责，严格执行"电业安全工作规程"和"两票三制"及各项规章制度，按照技术要求做好每一项工作。针对设备的运行情况，他提出了"验收设备不放过一颗螺丝钉"的目标，要求运行人员必须做到"三熟悉"：熟悉工作现场、熟悉工作内容、熟悉带电部位。

在班长晁成林的带领和指导下，变电运行操作一班始终坚持"严、细、实"的工作作风，不断加强班组管理，他带出的员工个个都成为能独当一面的技术骨干：有8人获得高级工职称、3人获得技师职称；变电运行操作一班在徐州供电公司技能大赛中荣获团体第3名；在江苏省电力公司一流班组验收时，他们的技能培训工作受到省公司专家组的一致好评。

"晁班长能把这支队伍带得这么好，靠的就是身体力行地发挥表率作用。带出一支业务过硬、作风顽强的队伍，首先你自己得能打硬仗、苦仗。每一次抢修，凡是急难险重的，尤其是风险较大的，晁班长都是第一个上，把安全留给我们年轻人。人心都是肉长的，每次看到晁班长因为爱护我们而奋不顾身，我们感激的泪就默默地往心里流。"提到晁成林，班里的一个青年员工说，"他还是我们这个班团结的楷模，最了解员工的意愿和心思，擅于抓住员工思想行为的转变，看到员工的每一点进步他都高兴，同事之间出现小摩擦，他三言两语就化解了。"

安全员闫长春的爱人多年身体虚弱，家庭和工作两副重担压在他一人身上。为了能够让他兼顾家庭，晁成林为他合理安排班次，经常带领员工到闫长春家中看望。闫长春说："能够遇到这样的班长，再苦再累也能承受得住。我们都为有这样一位好师父、好班长而骄傲。所以，这么多年没有一个员工愿意离开这个集体。"

他们的工作不分白天和黑夜，没有节日和周末，哪里需要哪里去，哪里危险哪里去。2022年7月9日早上5时许，新店镇110千伏滨湖变电站主变出现异常，晁成林早上6点前就赶到现场，与施工人员一起协调处理、研究解决方案，苦战了一个昼夜。

为了33座变电站安全运行，这是晁成林的日常，是他热爱的日常。

第五章

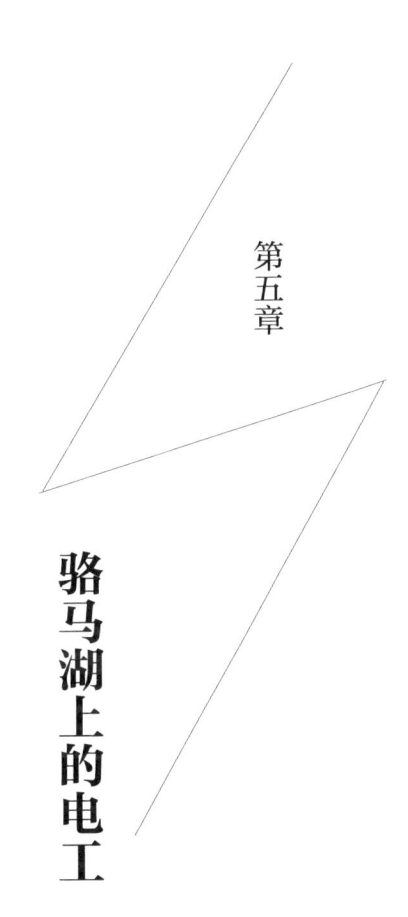

骆马湖上的电工

江苏四大淡水湖之一的骆马湖，烟波浩渺，鱼跃鸢飞，一座座湖心小岛，如天女散花点缀其间。每当鲁南沂泗泄洪，骆马湖便以她博大的胸怀接纳气势汹汹奔涌而来的洪水，庇护下游数百万儿女生命财产的安全。

改革开放以来，骆马湖成了沿湖人民致富的资源宝地。地处骆马湖沿岸各村的许多农民，就在湖面上安营扎寨，挖泥围堰，搞起了规模化水产养鱼。

水面养鱼需用电，由于环境潮湿，家家户户的线路都需要经常保养、维修。

从1984年起，新店镇南涧村的农民、渔民开始有了自己的电工。

南涧等沿湖村落的渔民，无不熟悉这样的场景——

波光粼粼的湖面，远远驶来一只小船，小船越来越近，渔民们知道，那个头戴安全帽、身穿工作服的划船人就是他们的电工尤守刚。

"尤师傅，又到哪里去查电呀？"

"湖上有一家断电，打电话让我去看看。"

小船渐渐远去了，划出阵阵涟漪，在骆马湖湖面久久地回荡……

草根夫妻生了一儿一女

尤守刚是土生土长的新沂市新店镇南涧村人，1964年9月出生。他记事起母亲下地干农活，父亲给村里喂牛。那几年，父亲每年都要用自家白生生的山芋干，找人家换回霉变发黑的山芋干，1斤换2斤，为的就是让全家能度过从麦子吐穗到夏季分配之前那段青黄不接的日子。

每天，耕牛不光吃草，吃晒干的豆秧和山芋藤，还要吃定量的黄豆、豆饼之类的饲料。牛的饲料，远比家里发霉的山芋干要养人。尤守刚的母亲曾几次抱怨他的父亲：你看孩子都瘦成啥样了，咋就不能从牛嘴里匀点饲料带回家给孩子吃？

父亲回答："牛拉犁耕地是最辛苦的，牛不会说话，不能让牛吃冤枉粮。"

1983年4月，尤守刚19岁高中毕业后，被村里安排当农业技术员。

当时南涧村也和其他村一样，刚刚通上了电，且线径细、供电半径长，电压不稳，停电、断线随时都可能发生。村里需要一名有文化、能胜任电工业务的年轻人管电。1984年，南涧村领导班子研究决定，让尤守刚担任村电工。

当时村电工的工资由村里发放，村干部对他说："虽然报酬不高，但你空闲时间可以帮助父母照顾自家承包田的活儿，只要不耽误维修用电故障、按时把电费收上来就行。"

尤守刚说："全村那么多从学校毕业回村的青年，唯独挑选我当村电工，这是对我的信任，我就要负起责任。现在父母的身体都很硬朗，承包田的活儿除了农忙时节我帮几天，平时得一门心思为乡亲们做好用电服务。"

对线路的例行检查，是尤守刚每天的必修课。村里不管谁家的用电出现故障，尤守刚随叫随到；有些人家的大人忙，让孩子来叫他，他就跟着孩子一路小跑去他们家。大家对他的服务都很满意，因而到了该交电费的时候，不管手头紧不紧张，乡亲们很少让他为难。

尤守刚和张玲美同村，从小一起长大，一起读小学和初中，尤守刚考取了高中，张玲美回村务农。他们虽然不一起上学了，但是没有中断联系。1987年年初，23岁的尤守刚和张玲美相爱了。

订婚之前，尤守刚试探张玲美："听说这两年给你介绍的人条件都很好，你的父母也劝你和人家处处看，你怎么连见都不见呢？"

"给俺介绍的那些人，俺都不认识、不了解，将来要是发现对方人品不行过不下去，俺后悔了咋办？俺啥都不在乎，就在乎对方的人品。"张玲美的回答干脆利索。

"人常说，嫁汉嫁汉，穿衣吃饭。你嫁给我一个干村电工的，注定这辈子只能跟我一起吃苦受累，我没有本事给你福享。"尤守刚还是不放心。

"俺从小到大就认准了你，认准你的老实巴交。跟你一起过日子，俺心里踏实，吃多少苦受多少累都心甘情愿。"

多年后，尤守刚说过这样一段话："这辈子，我最欣慰的就是娶了张玲美，而最愧疚的，是没能让她过上一天幸福的日子。"

1987年农历腊月二十四，百无大忌的喜日子，尤守刚和张玲美结婚。

1988年，他们的儿子出生。

两年后，女儿降临。女儿到了该学走路的年龄时，不但学不会走路，甚至连扶着站都不稳当。尤守刚在村里离不开，妻子抱着女儿到处求医问药，但一点效果都没有。后来听村保健室医生的建议，把家里这些年攒的钱都带上了，到大城市儿童医院检查，确诊为"先天性大脑发育不良"，鉴定为一级智力残疾和肢体残疾。

如果女儿患的是别的婴幼儿常见病，尤守刚夫妻哪怕砸锅卖铁、找亲邻借债，也要为女儿治病，哪家医院能治好女儿的病就去哪家医院。可是，女儿的病没法子治。不能和父母正常交流，不能像正常女孩那样长大、上学、出嫁，这是做父母的最大的痛。

这对夫妻的苦日子就此开始了。

第五章　骆马湖上的电工

有缘无故多了一个女儿

1991年暑期的一天，尤守刚检查完线路后，思忖着没什么事了，抽出点时间和妻子到承包田里锄玉米。还没到自家的地头，就看到本村的一位大娘在路边哭，怀里抱着五六个月大的婴儿。

尤守刚一看见婴儿，心里就疼得慌，连忙问大娘怎么回事。

大娘说："这是俺外甥女的孩子，外甥女嫌这丫儿从生下来不是这病就是那灾，一天也没让大人消停过，担心长大也是个病秧子，加上又嫌她是个女孩，就让俺抱出来……"大娘说不下去，呜呜地哭了起来。

尤守刚说："好好的孩子，自己的亲骨肉，怎么能不要了呢？俺家女儿都那样了，也得要养活啊。"他拭拭婴儿的额头，"哎呀，还发高烧！"

大娘说："孩子这两天拉肚子、脱水，快不行了。"

尤守刚和妻子不约而同地互相交流了一眼，顾不上锄玉米，从大娘手中接过孩子，两人轮番抱着，一溜烟地朝乡镇卫生院跑去……

孩子的病治好了，这对夫妻把孩子抱给大娘时，大娘怎么也不接手了。

"丫儿遇到你们这一对大好人，是她的造化。大娘也知道你们家不容易，有个残障的女儿就够难的，再抱养一个女孩，你家的日月就更难哩。可是大娘也认定，你们家再难，你俩都不会丢下这个孩子不管不问的。"

"这孩子叫什么名字?"

"没有名字,你们夫妻收下她,她就是你们的孩子,随你起个啥名儿都行。"

婴儿的小手抓住尤守刚的胳膊,小脸儿紧紧贴住他。

孩子留了下来,取名慧慧。

业务精湛还学会了划船

2000年,尤守刚由村电工转为新店供电所"在册农电工"。以后的好多年,除了南涧村,所领导还先后安排他负责过和南涧相邻的滨湖、埠湖等村,这些村都在骆马湖边。尤守刚的业务范围,不仅要负责岸上村民的安全用电、电费催收、故障处理等,还包括骆马湖区渔民鱼塘的用电管理和日常服务。

尤守刚接手新店镇埠湖村时,了解到埠湖村共有380余户,其中湖区渔民213户,养鱼水面10余万亩。渔民用电情况不固定,或埋设电缆,或直接在鱼塘围堰上敷设电缆,湖上潮湿,每天都可能发生用电故障。湖上线路抢修的任务重,不管多么恶劣的天气,只要接到渔民的报修电话,他都得立即到岸边租借一条小船,自己划船前往处理。

一天傍晚,天气异常闷热。湖区养殖户陈仲飞打来电话,说鱼塘没电了,如果 200 余亩鱼塘里的鲫鱼、对虾因断电缺氧,可能发生大面积死亡情况。

这时候,尤守刚正在检修村里被撞断的电杆的线路故障。等检修一结束,他就顾不上吃晚饭,借船赶到陈仲飞家的鱼塘。经过仔细排查,发现是电缆短路烧坏了。他迅速排除了故障,增氧机又欢快地运行起来。

尤守刚为陈仲飞家修好线路后天色已晚。陈仲飞曾听人说过,有一次夜晚,尤守刚为渔民完成故障检修划船回去,辨不清方向,反向行驶了好长一段水路,才发现进入了宿迁市境内的戴场村。此时,陈仲飞望着湖面上升腾起的雾霭,远处没有一点灯火和建筑物可供参照,他不放心让尤守刚自己划船回去,执意挽留他住一宿。

尤守刚说:"怎么好在这儿打扰你们一宿呢?你放心,我闭着眼就能划回岸边。"

6月的一天,尤守刚接到渔民许传山的电话,来到他的鱼塘帮助处理用电故障。不远处,许传山的弟弟许传德正在插网箱,不料脚底一滑落入水中。骆马湖湖面下的水草茂密如网纵横交织,许传德的双脚被水草缠住,他用力想挣脱,越挣扎水草缠得越紧,情况十分危急。尤守刚立即奔跑过去,用竹篙伸过去牵引,许传德慢慢地脱离了水草的缠绕。

许传山、许传德兄弟俩十分感激,让尤守刚等一下,要捉一袋对虾和鲢鱼让他带回家。尤守刚说:"你们晓得的,我不会收大家一分钱或东西。"

一天夜里11点多，屋外电闪雷鸣、风雨交加，刚刚入睡的尤守刚被一阵急促的手机铃声惊醒。

电话是渔民许传威打来的，他们那一大片湖区因大雨都断电了。

尤守刚的心头一阵发紧。虽然断电是经常遇到的事情，但是此刻外面下着雨，赶去维修要穿越茫茫的湖面，湖面上的风势怎么样他还不清楚，此行的安全风险极大。

张玲美劝尤守刚："再紧急的事也得等天亮后才能去，湖上肯定风急浪大，你这么不顾命地赶去，万一出了事，连发现的人都没有……"

尤守刚说："如果我不赶过去抢修尽快恢复供电，万一渔民等不及了擅自瞎捣鼓查找故障，出现人身安全事故怎么办？渔民们的生命和我一个人的生命谁轻谁重？接到渔民的紧急报修电话我要是不闻不问，依然在家睡大觉，我还是他们的电工吗？"

尤守刚穿上雨披，带上检修工具，一路小跑来到湖边，向渔民借船。小船的主人老蔡说："守刚，船我能借给你，可你看看这条船，还没进湖就摇摆得这么厉害，湖面的风浪可想而知有多大。许传威他们几户渔民的鱼塘离湖边十几里远，你这一趟是吉凶参半啊，你可不能犯糊涂。"

爱人没能劝住尤守刚，老蔡也无法动摇他的决心。他跳上小船朝湖面划去。

雨还在下。夜是黑的。水面若隐若现的波光，尤守刚对水域的熟悉程度，是多少次深夜入湖抢修线路积累的经验，这些，都成了他此行的有利条件，在引导着他准确无误地驶往目的地。风雨中的骆马湖，一改平日的温顺与安谧，小船像在波涛汹涌的大海里穿行。雨点伴着浪花，撞击在尤守刚的脸上、身上和船上，耳边的风呼呼作响，风浪每时每刻都在引诱他划的小船"掉横"，小船一旦"掉横"，大浪直击船的腰部，小船将瞬间倾翻，他必须稳稳把控住船行的方向，让船头始终迎着浪头，时时保持船身和水流的最佳角度，以规避倾翻的风险。小船行进的动力和波峰浪涌的阻力几乎势均力敌，互不相让，因而小船的前行艰难而缓慢……

尤守刚在湖面上和风浪搏斗了三个多小时，终于抵达现场。

正拎着马灯、打着手电等候的许传威和其他渔民，看到尤守刚冒雨驾船赶到，有的欣喜得惊呼，有的感动得抹泪。

许传威抢先赶到小船边，紧紧握住尤守刚的手：

"兄弟呀，你万一在湖上出了事，我就是你们全家的罪人啊！"

在渔民们的协助下，尤守刚把浅埋在鱼塘围堰泥土里的电缆挖出来逐段排查，直到凌晨4时才找到故障点。故障修复后，天亮了，雨也停了，湖面恢复了平静。

尤守刚喝完一碗许传威端来的热水，便浑身湿淋淋地划着小船离开了……

失子之痛催他更加坚强

2009年，尤守刚的儿子结婚了。儿子孝顺、儿媳贤惠，几年后孙女和孙子相继出生，长得可爱喜人。这是尤守刚多年以来，过得虽不轻松但还算顺利的一段日子。

慧慧小学毕业考上初中，只上一学期就辍学了。张玲美知道后，逼着慧慧回校上课，说要是不听话，妈妈就不认她这个闺女了。慧慧哽咽着说："妈，从我记事到今天，你和爸爸把我当成亲生女儿，家里再穷，从来都没让我受过一点委屈。你叫哥哥退学，却不让我退。看到你和爸爸为了这个家、为了我上学，终日劳累，夜里听到你们咳嗽声不断，我就偷偷地哭。你们别再劝我上学了，我回来照顾姐姐，做饭，给你们减轻点压力。我不能做个一辈子都对不起你和爸爸的不孝女儿。"

辍学后的慧慧，像个有经验的专业护理人员，每天都及时给姐姐换洗衣服，把姐姐的床铺整理得干干净净，做饭、做其他家务，一有时间就下地跟妈妈学着干农活。

2011年，尤慧慧出嫁了，婆家在棋盘镇芦墩村。结婚那天，当接新娘的鞭炮响起来的时候，慧慧抱着姐姐和妈妈一起痛哭，感动了前来贺喜的村邻们。

谁都没有想到，厄运会再一次降临。

2013年4月28日傍晚，养鱼专业户晁进祥给尤守刚打来电话，说他家鱼塘没电了，让尤守刚赶紧过去。尤守刚立即带上工具和材料，骑上摩托车赶去抢修，故障很快得到解决。然而在回来的路上，由于天黑路滑，视线太差，摩托车突然失控，径直撞向路边的围墙……

尤守刚被送到新沂市人民医院，摄片显示左腿膝关节粉碎性骨折，医生为他做了内固定手术，放了4块钢板。

医生嘱托，尤守刚至少要卧床4个月。

尤守刚住院期间，他的儿子在医院精心护理，直到他出院回家休养。

晚上陪护的时候，儿子说："我对不起这个家，让你和俺妈受累了。"

尤守刚安慰他说："你不要有一点自责。哪有做父母的不对子女尽心尽力的。你们几口过得幸福，就是对我和你妈最大的孝顺。"

儿子说："这个家就我一个年轻力壮的男劳力，我应该为一家老小多挣点钱。"

儿子在村里给村民建房打工，到新店镇集市上搞装潢、干水暖电气安装，出苦力也罢、干技术活也罢，他样样都行。

尤守刚永远忘不了2013年8月12日。那天，尤守刚的儿子在市内一家工地施工，接水管子时，因热熔器漏电意外身亡。

那大早上，不到6点，尤守刚就听到儿子起床的声音。儿子来到父亲床前，对父亲说："我在新沂市内联系到一个活儿，从今天起我白天去市里干活，晚上下班后准时回来。"走到父亲房间门口时,儿子又回头看了看父亲,才转身离开。

尤守刚想不到,这竟是年仅25岁的儿子看他的最后一眼。

施工方把造成事故的责任归咎于一起干活的其他打工者,让他们追究其他相关打工者的责任,施工方只付了安葬费便草草了事。这对老实巴交的夫妻,沉浸在丧子的悲恸中,想不到去为死去的儿子维权。尤守刚说,儿子已经不在了,追究谁的责任都没有意义了。

悲剧来得猝不及防。尤守刚躺在床上,抱怨命运的不公,妻子张玲美以泪洗面,不吃不喝,因常年劳累落下的风湿性关节炎和下肢重度静脉曲张,越来越严重。

儿子的意外身亡,让一个上有老、下有小的全家的顶梁柱突然坍塌,这个家一下子陷入绝境。

安葬了儿子之后,尤守刚支撑着爬起来,对妻子说:"遇到天塌的灾难都得挺住,不为你和我,就为几个孩子,就靠我们两个了……"

为了让尤守刚安心工作,张玲美在外要侍弄好十几亩承包田,劳动量极其繁重,压得她喘不过气来。可是,日复一日、月复一月,她顽强地挺下来了。

她的肩膀是柔弱的,却是压不垮的。

邻居们说,再也找不到比尤守刚家更难的家庭了。

苦尽甘来人生得以升华

尤守刚住院期间，身边同事们的关心关爱，出院后乡亲们络绎不绝地登门看望，都在温暖着他的心。他决心更加努力地做好本职工作，以报答同事和乡亲们。

尤守刚没有遵照医生规定的在家卧床期限，提前重返岗位了。所长担心他那条伤腿里的钢板，几次为他安排时间，让他去新沂市人民医院复查，看什么时候把钢板取出来合适，防止时间越长越不好取，但每次都被他谢绝了。他早就打听过，钢板取出后必须卧床一个月，那得耽误做多少事啊！

尤守刚伤腿里的4块钢板，至今都没有取出。

2014年6月，尤守刚在了解村民用电情况时，走进一户贫困户家。户主叫张广传，但村民们很少有人叫他大名，都叫他"张四"。张广传本人智力不健全，有时清醒有时糊涂，他的老婆和儿子都患有精神疾病，智力低下。尤守刚初到他家，一个男子朝他张大嘴，伸出舌头"啊"了一声，流出了涎水，然后转脸就跑。那就是张广传的儿子。进到屋里，只见四壁空空，家境的贫困让人不敢想象，全部的经济来源就是每月的低保补贴，不到月底就被花得分文不剩。

面对这样的家庭，尤守刚想，自己家的日子已经够难的了，想不到还有比他家更难的。尤守刚及时向领导反映张广传家的情况，按照政策为他家办理了特困救助业务，每月免收15度电费，其余应缴的电费就由尤守刚帮助垫付。张广传不知实情，精神正常的时候逢人便说自家用电全部免费。2021年年底他才知道，尤守刚已为他们家垫付了2000多元电费。

五保老人朱发坤，头脑失智，生活不便，村里协调后将他送进敬老院，住了不到一个星期，因"思维模糊、没法伺候"被敬老院退回村里。尤守刚与妻子张玲美听说了，把老人当作亲人，隔三岔五就去送些蔬菜、水果，还经常买米、面、油、肉等送过去。星期天或者节假日，尤守刚夫妻会带上孙女和孙子，把老人的室内外收拾得干干净净，在帮助老人的同时，也培养了孩子的爱心。尤守刚夫妻俩对朱发坤老人的照顾，让老人越过精气神越好，他逢人就说："要不是守刚一家，我这把老骨头早就变成灰了。"

自己经历了苦痛，更能体会到别人的不容易。了解了更多人的命运后，尤守刚的助人热情更加高涨。他先后出资1万余元，为贫困留守家庭购买电气材料；义务为1100多户家庭更换线路、安装漏电保护器；多年来进湖抢修线路租船的费用，既不让渔民交，也不让所里付，都是他自己掏腰包。而他的这些付出的背后，是一个生活艰辛、每一分钱都要用在刀刃上的祖孙之家。

苦难降临过他的命运，也激发了他的干劲。他说："我是'十人桥'共产党员服务队光荣的一员。我要向优秀的党员学习，处处以一个共产党员的标准严格要求自己，更好地为父老乡亲们服务！"

如今，"退圩还湖"后的骆马湖，恢复了4.5万亩自由水面，烟波浩渺，水天一色，坦坦荡荡，横无际涯。

她见证了湖畔一个普通农电工的悲喜人生，见证了他坎坷多难的人生经历，见证了他对电力事业矢志不渝的执着追求。他的名字并没有因为"退圩还湖"而隐去，始终在骆马湖的上空久久回响。

他，就是那个名叫尤守刚的汉子！他，坚持与命运抗争，最终主宰了自己的命运！

第六章

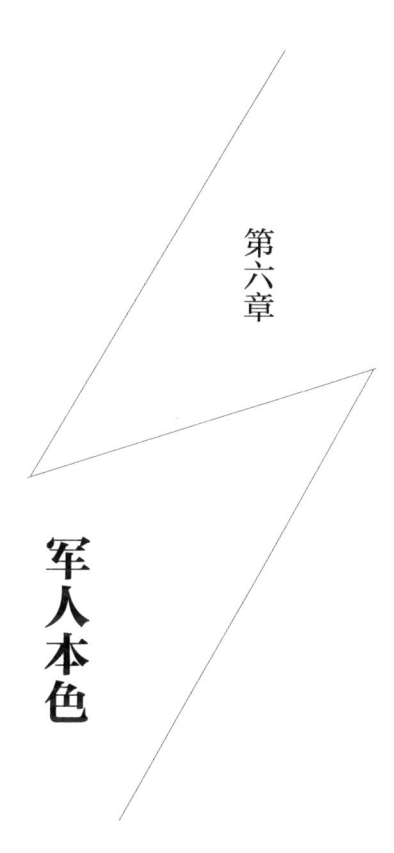

军人本色

2018年12月1日,孙永退伍。

那一年,孙永做了两个选择,一是选择了第二故乡新沂市,二是选择成为供电人。

退伍时,按照转业军人安置政策,他可以回安徽老家由当地安排工作,也可以在新沂就地安置,这两种安排任他挑选。他选择在新沂市定居,不仅仅因为他的爱人晁梦宇是本地人,更为有力的原因是一直在新沂当兵的他,早把新沂当成了第二故乡,对这里有了挥之不去的感情。

转业安置时,供孙永选择的,有镇政府、市政、银行、铁路和供电等部门,其中排名靠前的许多岗位都是大学毕业生争相报考的热点。他只要随便挑选一个岗位,便可舒舒服服地"坐办公室",直到退休。

可孙永都放弃了。

孙永坚毅地选择了供电。

他守护的是万家灯火

就像小时候把走进军营作为最高理想,脱下军装的孙永把走上供电一线作为他最满意的选择。采集运维工对他来说是个完全陌生的行当,他清楚自己是个门外汉,这个全新的领域就像一处迷人的地下宝藏,在等待他去开采、挖掘。

孙永从零开始,首先突击学习,背下了采集运维工的 10 项主要工作职责。不学不知道,一学吓一跳。采集运维工的岗位看似平凡,原来工作内容这么繁杂、责任这么重大。这 10 项工作职责,哪怕出现一点点疏忽,都可能酿成意外的事故或损失,这和军营里对军人的要求是一样的。

孙永告诫自己:"以前,你保卫的是国家和人民生命财产的安全,现在你守护的是万家灯火、用户的安全用电,你要有信心尽快成为这个专业的行家里手。"

孙永没有一点电工基础,对供电企业的了解也是知之甚少。面对一个全新的行业、全新的领域,他发扬军人吃苦耐劳、积极进取的精神,以饱满的热情投入工作中。

白天,他到现场接触线路设备,对照图纸和说明,了解线路设备名称结构;晚上,他在书上查找或在网上搜寻设备的性能、运行原理等知识。工作中遇有不懂不会的,他主动和身边的同事交流,向有经验的师傅们请教:

"何师傅,你去哪里?我能和你学习装表接线吗?"

"陈班长，你去施工现场吗？我和你一起去！"

孙永的诚恳、虚心，感动了每一位热心的同事。大家愿意帮他、指导他，在帮助指导的过程中还加深了同事之间的友情。

他积极学习电气理论知识，熟悉岗位职责，认知设备名称，学习系统使用。每次值班抢修，他都多学、多看、多做，不断提升专业知识和技能。

每天早晨6点30分，有着早起晨练习惯的孙永，会准时来到单位，查看单位派发的工作任务，再去巡查用电线路运行情况，将现场表计、接户线等现场情况拍摄后发送到服务终端上，实时报告现场工作信息。

这俨然成了他的一个新"晨练"项目。

孙永刚到地方参加工作不久，因他坚强的党性原则和过硬的政治素质，徐州市纪委、新沂市纪委分别和国网新沂市供电公司党委领导协商，抽调他协助办案。在奉命外调期间，孙永按照纪委领导的安排和要求，积极配合工作，严格执行纪律，严守保密规定，依纪依规办事，切实维护党纪政纪的严肃性，圆满完成了为期10个月的抽调办案任务，最终受到了徐州市和新沂市纪委领导的充分肯定。

外调结束回到单位以后，因工作需要，孙永又被抽调到徐州三新供电服务公司新沂分公司。为提升公司配网精益化管理水平，强化配网设备运维质量管控，三新公司领导将配网巡检管控平台这项工作交付与他。他积极与公司设备部联系，很快学会了对巡检管控平台的操作使用。他到供电所和施工现场进行实际操作，教会相关人员正确使用巡检管控平台，让供电所和外协运维人员都能熟练掌握和正确使用巡检管控平台。无论是工作日还是休息日，只要他们有需要，孙永都会第一时间赶到现场，帮助他们解决实际问题。

2020年年初，突如其来的新冠病毒感染疫情挡住了人们出行的脚步，也打乱了企业正常的生产经营秩序。孙永所在的北沟供电所坐落在无锡—新沂高新区，园区内拥有智慧光电等4大主导产业、多家高新技术企业和科研机构，保电任务十分繁重。疫情期间，"十人桥"共产党员服务队队员孙永主动请缨上阵，深入企业走访服务，对用电设施进行检查，及时排除用电隐患，日夜坚守在防疫保电的第一线。

2020年6月16日上午，一场暴风雨来势汹汹，新沂市东部地区输电线路和电力设施遭受严重破坏，狂风暴雨所到之处一片狼藉，10千伏北石线110#开关跳闸，个别输电通道出现倒杆断线情况，影响范围包括地震台、驻新部队等12家用户。

孙永凭借在军中练就的良好身体素质，处处冲锋在前，在泥泞中快速清理压在低压线路上的树木残枝，顾不上汗水雨水顺着脖颈流下，从早晨一直抢修到傍晚，保证了受损设备在天黑之前恢复送电。当他拖着疲惫的身体准备返回时，连续接到3个用户的报修电话，他顾不上喘口气，忍住饥渴，又紧急赶往下一个用户……

2021年7月28日夜里11时30分左右，受第6号强台风"烟花"影响，北沟供电所辖区多条线路倒杆断线，造成大面积停电。孙永在睡梦中接到电话，立即于第一时间赶到现场。在泥泞不堪的乡间小路上，他对停电线路进行仔细巡视，查找故障点，制订抢修方案。他不顾蚊虫、污水，对被刮倒的树木和刮断的电线进行清理，连续奋战20多个小时，直到29日夜里10点抢修完毕。

如此旷日持久、分秒必争的忙碌，孙永不但不叫苦不叫累，反而感觉很惬意——他还是军营时代那个血气方刚的孙永！

只给普通百姓当保镖

孙永的选择，无论是他的战友们，还是他的爱人，抑或是他的父母和两个弟弟，都没有想到。

他说："我在部队17年，每天都在忠诚地保护国家和人民的利益，这已经成了我的职业习惯。我在部队里是'定过型'的人，如今我虽然脱了军装，但骨子里仍是一个兵。我天生就不是坐办公室的命，我十几年的拼搏也绝非为了有一天坐享清福。供电行业直接服务于千家万户，服务于新沂的经济建设，选定供电我不但无怨无悔，到时候还要请求公司的领导，把我安排到最忙碌、最艰苦的基层一线，让我在人生的第二个战场上继续打拼，永远保持全心全意为人民服务的普通一兵本色。"

他被分配到徐州供电服务有限公司新沂分公司北沟供电所，成为一名基层的采集运维工。他得偿所愿，但是耳根并没清净。

他在军中拼搏摔打17年、多次立功受奖，其中就有全军和省武警总队的嘉奖，退伍后却成为一名采集运维工，这在世俗的眼光看来有点不对口。不说别人怎么看了，孙永远在安徽阜阳农村的父亲，就无法理解儿子的选择："永儿啊，你在部队干了十几年，立功受奖那么多次，怎么转业后成了工人啦？什么叫采集运维工啊？我和你妈都不好意思告诉村邻你转业后安排的是什么工作。"电话中，父亲的声音激动、迟疑。

孙永耐心地对父亲说："爸爸，是儿子乐意当采集运维工的。当工人有什么不好？您和妈妈当了一辈子的农民，不也很好吗？请您和妈妈放心，儿子当兵时是个好兵，当工人也会是个好工人的！"

孙永的职业选择，并不是一时冲动。在孙永退伍前，被一家知名房地产公司的老板看好。他在战斗中的英勇表现、媒体的跟踪报道，他健壮的体魄、擒拿格斗的绝活儿，都让他的名声不胫而走，传遍军营和社会。

老板财大气粗，专门安排人找到孙永，让孙永退伍后去他们公司上班，给老板当保镖，专门负责老板的个人安全，年薪100万，如果孙永嫌少的话，到岗后还可以再商量，再增加。

孙永毫不犹豫地拒绝了。

他说："请转告你们老板，我只给普通百姓当保镖。"

3秒解救人质的人民卫士

2013年3月14日下午5时许,新沂市看守所内。

一名在押犯罪嫌疑人,挟持了一名17岁的嫌犯,准备越狱。犯罪嫌疑人情绪焦躁、怒目而视,人质的颈部已被划破,一股殷红的鲜血直往下流。现场气氛紧张得令人窒息。

嫌疑人行动敏捷、体格健硕,曾经在少林寺习武几年,因抢劫杀人入狱。他提出的要求未能得到满足,情绪开始失控,扬言要杀掉人质。

正在值班的武警徐州支队新沂市中队代理排长孙永接指令后,带领应急小组第一时间赶到现场。

危急关头,孙永果断提出了"谈话缓压、爆震袭扰、化装突击"战法,被"3.14"联合指挥部采纳。

当孙永与另外两名化装成服刑犯的战士接近监舍的那一刻,现场所有人的心都提到了嗓子眼儿——

轰!随着爆震弹一声巨响,孙永利用强光致盲的瞬间,突入监舍房门,一个箭步上前扑向在押嫌疑人,击腹别臂一招制敌。

整个过程仅用3秒钟。

案犯被制伏,人质被成功解救。

2016年5月4日,由徐州市人才工作领导小组和徐州市精神文明建设指导委员会指导,共青团徐州市委、徐州报业传媒集团、徐州市青年联合会共同主办的第十三届"徐州市十大杰出青年"

评选活动结果揭晓，孙永荣获"徐州市十大杰出青年"称号，被誉为"不惧危险，3秒解救人质的人民卫士"。

立志最后一个离开部队

孙永于1983年3月出生在安徽省阜阳市颍州区九龙镇栗头村，父亲孙连明、母亲刘金英都是农民。由于家境贫穷，孙永从6岁起就下田干农活，帮助父母锄草、翻地。

1991年，8岁的孙永入读九龙小学。1997年到九龙中学读初中，学校离家五六公里远，每天上学、放学都是跑步来回。入学一年后，学校举办运动会，400米、800米田径项目，他夺得两个全校第一。

2000年，孙永考入大田中学读高中。学校旁边有个闻名遐迩的"小西湖"，湖中有岛，岛中有潭，主要景点皆仿杭州西湖而建。孙永每天早早起床后，先去小西湖沿湖边跑一个小时，然后再跑回学校。长年坚持跑步锻炼，使得他的体魄格外强健。

高中的第二年，大田中学在学校体育场举办田径运动会，3000米长跑比赛中，起跑后孙永很快便把其他参赛的同学甩在身后，一路遥遥领先，毫无悬念地获得3000米长跑冠军。

如此酷爱体育，强身健体，缘于孙永从小的一个梦想——长大后要成为一名军人。

2001年11月，正在读高二的孙永，放弃了高中毕业考大学的机会，报名应征。体检、政审等一路过关，于当年12月1日入伍。

换上军装，孙永英姿勃勃，父母和两个弟弟依依不舍。孙永对家人说："当兵，是我从小到大一直向往的，今天终于实现了。我要在部队好好学习训练，争取立功受奖，为家乡的父老乡亲争光。我要做到家乡和我一起入伍的新兵中最后一个离开部队的。"

此后，孙永以长达17年的军营生涯，实现了他的诺言。

"老粗"的外号没人再提

2001年12月14日，孙永来到位于淮海战役烈士纪念塔西侧、云龙湖畔的武警徐州支队，接受为期百日的新兵连训练。

新兵连训练的主要项目，包括体能、格斗、战术等基础训练，对体力的消耗比较大。高强度的训练，对于才出校门就走进军营的新兵，刚参训两三天就躺在床上爬不起来了。而孙永常年在家乡坚持锻炼，这样的高强度训练他不但感觉不到累，还自我加压强化训练。

练摔擒，别人练一遍，他要练三四遍，不惜把自己摔得鼻青脸肿；练射击，别人5分钟一组，他坚持10分钟一组；练体能，别人跑5公里，他跑两个5公里……新兵连训练结束，孙永被分到武警新沂市中队。

武警新沂市中队驻扎在沭河东岸，负责新沂市看守所的外围武装警戒、武装押解，协助地方反恐处突。

分到武警新沂市中队之后，他依然坚持锻炼，经常在休息时间一个人跑到中队体育活动室，举杠铃，做俯卧撑，手磨起了血泡钻心地疼，他也全然不顾。

在军队的大环境和身边共产党员的影响下，孙永处处严格要求自己，出色地完成了中队领导安排给他的每一项任务。

2002年12月，入伍一年的孙永被提为副班长、代理班长工作。2003年10月12日，孙永面对鲜红的党旗庄严宣誓，成为一名光荣的中国共产党党员。他是中队一起入伍的32名战士中，第一个加入党组织的。

孙永发现，新入伍的90后和95后战士，不仅普遍学历高，而且思维活跃、个性突出，而高中尚未毕业的他，在新知识层面，有点赶不上趟。许多新来的战士戏谑地叫他"孙老粗"。

孙永意识到，提高知识水平对一名当代军人是多么重要。他开始着眼提升理论水平和业务能力，为自己制订了"三个一"的学习计划：坚持每天学一小时文化、每周写一篇学习心得、每月读一本好书。

通过刻苦自学，孙永取得了南京陆军指挥学院大专文凭，他撰写的文章在武警江苏总队征文活动中获得一等奖。

从那以后，"孙老粗"的外号再也没人提及了。

孙永非常注重用掌握的理论知识，创新解决工作中的实际问题。他结合工作经验，与战友集智攻关，研创出哨兵遇袭、目标遇抢等20多种情况的处置方法，摸索总结出的新时期"带兵六法"，都在武警徐州支队乃至武警江苏总队得以推广。他组织编写的《执勤十八招》《执勤哨兵基础动作》《哨兵情况处置六步法》《哨兵情况处置要诀》等执勤教案，被武警江苏总队列为范例教材。

2004年，为了迎接标准中队考核，作为一级士官、1班班长，他白天带领战士对障碍、武装越野5公里、摔擒等军事训练科目的规范动作反复进行训练，晚上对执勤登记、学习材料等分批加以完善，增强对军事理论的记忆，以优异成绩通过了标准中队考核。武警新沂市中队获"标兵中队"称号，孙永荣立三等功，1班荣立集体三等功。

孙永对战友亲如兄弟，先后带出了23名班长骨干，班里战士有3人考上军校，45名已退伍的老兵至今仍和他保持密切联系。

把军营的爱心带到社会

武警新沂市中队战士欧阳雷，来自安徽山区，家庭经济拮据，父母体弱多病，妹妹面临辍学。身为班长的孙永了解到他家的情况后，从工资中拿出2000元，偷偷寄到欧阳雷的家中。在孙永的带动下，武警新沂市中队官兵自发捐款1万余元，帮助欧阳雷家渡过了难关。欧阳雷的家庭压力减轻了，工作、训练劲头倍增。

他的战友韩宵说:"孙永班长在训练中是我们的榜样,在工作中是我们信赖的主心骨,在品德修养方面是我们的楷模,在生活中是我们的贴心人。"

中队队长刘飞说:"孙永入伍以来,在执行急难险峻任务中,顽强拼搏,不怕牺牲,处处冲锋在前,把危险留给自己,把安全留给战友,展示了新时期武警官兵的风采,是我们武警新沂市中队的骄傲。"

而孙永本人则说:"部队的生活是令人迷恋的,首长对我们的关心爱护、战友之间的感情,非常非常纯洁而可贵。我们从四面八方走到一起,操着不同的口音,有着不同的爱好和追求,风华正茂,年轻气盛,相处中难免会出现一星半点的言差语错,但大家都互不介意,很珍惜能成为战友,这是一辈子的缘分。"

孙永还把在军营的爱心推及社会。

正在新沂市区上中学的徐征北,家住新沂东南部的邵店镇沭河村,父亲患股骨头坏死,丧失了劳动能力,50多岁的母亲常年在外打工,挣钱给父亲看病,生活异常艰辛。得知徐征北一家的现状后,孙永每逢休息时间就到邵店沭河村帮他家干农活,逢年过节给他家送米面和食用油,每次开学前都把学费及时交到徐征北手中。孙永还联系市里医院诊疗水平较高的骨科专家,陪专家到徐征北家里为他父亲看病……

在孙永的倡议和带动下,武警新沂市中队开设了"爱心饭桌",设立了"爱心基金",让丝丝关爱温暖驻地父老乡亲的心。自入伍以来，孙永先后捐款 3 万余元，资助的贫困学子中，有 13 人考上了大学。

孙永的心一刻也不曾离开过武警新沂市中队，对于家人他却心有内疚。入伍十几年，回安徽老家看望父母的日子少之又少。他只好利用难得的空闲时间给家里打电话，询问父母的生活和健康状况。父母每次都说身体很好，家中一切平安，让他安心服役，可是两个弟弟却对他说，父母哪怕真的生了什么病，也不会让他知道的。

12 月 1 日意义重大

由于新沂特殊的交通区位优势，高速公路和铁路拥有量在全国县级城市中首屈一指，是苏北和鲁南人流、物流集散地；同时，这里也是一些流窜犯罪人员看好的作案之地。孙永在武警新沂市中队服役期间，多次执行抓捕流窜凶犯和解救人质的任务，每次任务都完成得相当出色。

2003 年 4 月 27 日，新沂市双塘镇境内发生一起凶杀案，犯罪嫌疑人逃窜至邻县的深山老林。孙永带队全副武装进山搜索，在荆棘、乱石、杂草中穿行。孙永经过一处不易被发现的山洞口时，山洞里猛地蹿出一个黑影，挥舞着两米多长的棍棒向孙永的头部砸来。孙永反应敏捷，急闪身躲过偷袭，趁机挥起警棍猛击黑影人的膝关节，致其疼痛难耐顾不得抵抗，战友们一拥而上，当场将其生擒。经审讯，此人正是凶杀案的凶手。他们的事迹被中央七套军事节目、江苏电视台《东线长城》栏目等媒体连续报道，引起了广泛的社会反响。

2007年，孙永带领应急班冒着生命危险，成功处置了新沂市人民公园狮子伤人事件，保护了游园市民的生命安全。

2013年3月14日，面对穷凶极恶的挟持人质准备越狱的犯罪嫌疑人，孙永沉着冷静、机智勇敢，巧妙制伏犯罪嫌疑人、成功解救人质，受到了武警总部和总队首长的高度肯定。

在部队服役期间，孙永先后荣立二等功1次、三等功5次，2014年获得"全军优秀士官人才一等奖"荣誉，2015年被表彰为武警江苏省总队"十佳士官"。他所带的班连续5年被评为"先进班"，荣立集体二等功1次、三等功3次荣立集体三等功。

回顾过去，他于2001年12月1日入伍，2003年12月1日转为一级士官，2006年12月1日转为二级士官，2009年12月1日转为三级士官，2013年12月1日转为四级警士长，2018年12月1日退伍。12月1日，是孙永17年军人生涯中最难忘、最有纪念意义的日子。

而对孙永来说，12月1日这个日子还有另外的含义。每年的这一天，都有新兵入伍和老兵退伍，新兵要参加新兵连训练，退伍的老兵要按时离开部队，这期间中队人手紧、任务重、压力大，必须时刻密切注视，高度警惕嫌犯越狱逃跑或发生其他意外的可能。战士们 8 小时执勤、8 小时训练，再加上一日三餐和打扫卫生，剩下的时间很少。他和每个战士都是夜以继日地工作，一刻都不敢大意。

她从小就有英雄情结

2011 年 8 月，新沂市人民政府组织一次影响较大的活动，武警新沂市中队负责执勤。

此时，28 岁的孙永是一个孔武英俊的年轻人，格外抢眼，引起了市政府一位领导的注意。

那位领导当场向知情人打听孙永的婚姻状况，得到的反馈信息是：孙永不但未婚，目前连女朋友都没有。

活动结束没几天，有人来给孙永介绍对象了。

受人之托出面介绍的这个人，和孙永很熟悉。他说："女方叫晁梦宇，21 岁，家住新沂市棋盘镇城岗村，正在江西读大二。"

孙永连连摆手："不行不行，人家是个比我小七八岁的小姑娘，还是个在校大学生，我高中都没念完，入伍后靠自学拿的大专文凭，和她一点儿都不般配。"

"可是晁梦宇不嫌你年龄大，她说找对象男的比女的大几岁才好。"

"怎么，你们事先已经和女方联系了？"

"对。晁梦宇放暑假在家，现在就在新沂，等着回话呢。"

"你没和她说，我老家在安徽阜阳乡下，如果我将来退伍回老家，哪个本地姑娘愿意去安徽乡下跟我吃苦受累？这些必须跟人家说清楚，不能瞒着。"

"和她说了。晁梦宇说，要是和你谈成了，你退伍后留在新沂，她就和你在新沂生活；你回安徽老家，她就跟你去安徽老家，一起照顾你家的两位老人。"

"不对，我们还没见过面，八字还没一撇呢，她不该这么快就表态啊。"

"晁梦宇说，她上小学的时候就知道你在双塘镇为了保护人民生命安全奋不顾身追捕凶犯的事迹，她说你是个当代英雄，很了不起，非常崇拜你。晁梦宇说她从小就怀有英雄情结，所以愿意和你交朋友。——看起来你们还真的有缘。"

当时的部队规定，战士入伍达到一定年限后，才允许谈对象、结婚，而孙永早已达到规定年限了。他也认为自己该谈个对象，给父母一个满意的交代了。父母每次通电话都要唠叨："村里和你一块儿长大的伙伴们，如今孩子都满地跑了，我们哪天才能抱上孙子啊？"

和晁梦宇初次见面，平时虎虎生威的青年军人，竟嗫嚅着嘴唇半天说不出话来，额头还冒出了细密的汗珠。孙永脸红了半天才憋出一句话："你在大学里……学习和生活……都挺好的吧？"

话刚落音，两个人不约而同地笑了。

心有灵犀，不用太多的语言交流，第一次见面的感觉都很好。

以后的日子里，孙永和晁梦宇一个在军营之中，一个在大学校园，虽然见面很少，但他们互相鼓励、共同进步，两个人的感情日益加深。

2014年1月12日，孙永和晁梦宇喜结连理。2016年2月10日，他们的儿子出生，乳名"新阳"，新沂、阜阳各取一字。上幼儿园时，孩子正式定名为孙新洋。

何时才能一起回阜阳老家

孙永每天早出晚归，没日没夜地奔忙在供电一线，一段时间下来人整整瘦了一圈，他的爱人晁梦宇看在眼里急在心里。他每次接到抢修任务往往都是在夜间，晁梦宇和孩子都不知道他何时离开的家。

孙新洋早上醒来时经常问这么一句话："妈，我爸呢？"每到这时，晁梦宇的心里都有种说不出的痛。

那天，晁梦宇终于开口了，她和孙永商量："两个人都上班，既顾不了家又顾不了孩子，儿子就要上幼儿园大班了，我想辞职在家做家务、接送孩子，让你安心工作。"

孙永支持晁梦宇的想法，他说："夫妻俩一个在前方，一个当后勤，这样，我就可以无忧无虑地在运维采集的天地里打拼了。"

晁梦宇还让孙永必须答应她一件事："等你有空闲的时候，一定要向单位请次假，全家回安徽阜阳一趟，看望两位老人……"

这就是当年扛枪保家卫国的孙永。这就是现在扛梯子为民服务的孙永。

这就是初心不改、勇往直前的孙永。这就是永葆军人本色、运维采集人孙永。

第七章

『千里眼』是怎样炼成的

高压输电线路跨越多少沟沟堑堑、多少公路铁路、多少村庄集镇，只有长期从事输电线路的人员才能清楚。

在星罗棋布的杆塔下穿梭，在高耸入云的杆塔上操作，面对透迤的导线和银光闪烁的瓷瓶，只有长期从事输电线路的人员才能品味出个中的酸甜苦辣。

张拥军，从事电力线路工作近40年，虽然工作既脏又累，但是只要想到自己的工作是在为人民服务，他就暗下决心，要干一行，爱一行，精一行，决不辜负领导和同志们的殷切希望，他要用自己的实际行动回报企业，履行入党时的铿锵誓言。

杆塔不会忘记，导线不会忘记，河流山川也不会忘记，他是输电线路的"活地图""千里眼"。

一定牢记自己是烈士的后代

张拥军是烈士后代。

小的时候,张拥军经常听奶奶讲起爷爷张则忠抗日杀敌的故事。1945年7月10日,爷爷奉命率部在唐店伏击北窜的日寇,不幸壮烈牺牲,年仅29岁。

据张则忠烈士碑文记载:1916年出生,1939年参加革命,曾任陇海南进支队独立二营排长,1941年加入中国共产党,1942年在伪区龙泉沟组建灰色武装并任队长,1944年任沭河区区长兼大队长。长期在敌占区工作,环境复杂残酷,历尽艰辛与敌周旋,出生入死功勋卓著。

数十年来,奶奶都坚持去做两件事:一是经常去爷爷的墓地,手扶墓碑久久站立;二是每天都要看看贴在堂屋后墙上的中华人民共和国民政部颁发的《革命烈士证明书》。奶奶对张拥军说:"看着这张证明书,就感觉你爷爷还活着。"

张拥军的幼年时代,父亲在新沂电厂干线路工,母亲在龙河村务农。父亲张德同除了填档案,从不在任何场合提到他是烈士后代,不过他比谁都清楚,没有父亲那一代革命先烈的流血牺牲,就没有他家和乡亲们的今天。为了让孩子记住他们有一位值得骄傲的军人爷爷,父亲把3个儿子分别取名为张辅军、张拥军、张红军,女儿取名张丽君。

那时,父亲的月工资才20多元,一家7口平时的所有生活开支就靠这点工资,生活非常清苦。1983年9月,尚未到退休年龄的父亲因体质差,经常生病,从线路工的岗位上办理了"病退"手续,回到龙河村老家,让张拥军接了班。

张拥军上班的前一天晚上,父亲对他说:"我们和村里普通人家唯一的不同,就是你的爷爷是抗日革命烈士,所以我们对自己的要求更要严格。你爷爷为了完成战斗任务献出了宝贵生命,作为烈士的后代,你也要像爷爷那样,兢兢业业干好单位安排的工作,任何时候都要无愧于你爷爷的英名。"

父亲的嘱托,张拥军牢记于心。

将来可以练就一双"千里眼"

张拥军被分到新沂变电站。实习期是4个月,实习期间月工资24元。他每天要做的是,熟悉10千伏设备,填写抄表和调度报表。年底,实习结束,他被分配到线路工区检修班工作,每月工资增加到28元。

20世纪80年代初,我国电力行业的发展势头喜人,但是,由于当时还没有精良的设备支撑电力线路巡视工作,排查所有的线路故障隐患都要靠肉眼分辨,而那时220千伏线路83.56千米,110千伏线路49.68千米,35千伏线路250.03千米,10千伏线路840.33千米,空中线路故障的分辨,靠的是线路工区仅有的一台望远镜。

1984年春天，在一次线路故障巡视时，张拥军接连碰了两次壁：因他事先对路程不熟，耽搁了抢修时间；由于知识经验储备不足，一遍、两遍、三遍，他怎么都不能准确查出线路故障点。

最终，在班长的点拨下，张拥军才注意到，距离地面较高的导线上方有一个极不起眼儿的白点，再俯下身仔细观察地面，发现散落的微小的痕迹——一般人是很难注意到的。他很佩服，忍不住问班长："你的一双'千里眼'，是怎么炼出来的？"

班长说："你刚参加工作没多久，经验不足是很正常的。我们干的时间长了，对线路当然比你熟悉。这些故障点、痕迹，你在今后的工作中要留心观察，最好记下来，日积月累，就可以总结出一套你自己的巡检方法，将来你也可以练就一双'千里眼'。"

班长的这段话，在张拥军此后的线路巡检工作中，像警句箴言一样，总是响在耳边。对线路的熟悉程度直接影响巡检的速度和恢复供电的时间，这是班长传授给他的宝贵经验。

张拥军以班长的经验指导自己的工作，后来自己也总结出一套巡检口诀："先地面找放电痕迹，再周围探故障来源，后线路查白色痕迹。"

当年夏季，为了保障城乡供用电安全，新沂县供电局开始了大规模改造"两线一地"工程。在纪集变电站施工现场，张拥军每天顶烈日冒酷暑，先将瓷横担、顶套等扛到水泥电杆下面，加上绳子、脚扣、安全带等随身工具，一趟要负载数十斤之重。然后爬上水泥电杆，将瓷横担、顶套等带到电杆顶端安装，每天得完成10余根电杆的安装任务。

这种高强度的劳动和高风险的空中作业，对尚不足18周岁的张拥军来说是锻炼，更是考验。他在检修班年龄最小，但那段时间，他坚持和青壮年同事一样，苦活累活抢着干，吃住都在改造"两线一地"工程施工现场。

三年的打拼，张拥军先后转战多个工地，每次都出色地完成施工任务。1987年，他被提为检修班副班长。1988年，任线路工区技术员。

一次深夜特巡，为了尽快确认故障点，同事为给他照明，拿起手电筒爬上了蔬菜大棚。故障点找到了，但同事不慎跌落受伤……

这件事深深地刺痛了张拥军，也让他找到了努力方向。工作中，他处处注意观察，虚心向老师傅请教，把各类故障的特征了解得一清二楚。每次完成抢修、消缺、检修工作后，他都细心地将带有放电痕迹的电线、遭雷击闪络后的绝缘子、变形或锈蚀的压接金具等收集起来，存放到班组的仓库，时不时拿出来翻看、研究，记录不同环境和视角下故障物的细节特点。

工区的员工说："张拥军是一名忠诚的卫士，守护着新沂大地上的条条银线，由他发现或确认的隐患点、故障点不计其数。他对业务工作的严谨，在工区是出了名的。他经常强调的一句话就是：每条线路，少看一厘米都不行，忽略一厘米更不行。"

学习成为不断进步的阶梯

事业在发展,科学技术不断更新,张拥军认识到,线路运检工作如果还停留在单凭原始经验的基础上,很难适应现在的技术需要。自己没上过大学,必须通过刻苦学习补上这一课。

十年间,张拥军在繁忙的业务工作之余,在自学之路艰难跋涉,攻克了一本又一本教材,拿下了一门又一门课程,由检修班的普通员工成长为共产党员、高级技师。

从 1997 年起,张拥军经过三年学习,取得了苏州电力技工学校中技文凭。2001 年 9 月,又通过了全国成人高考,考取徐州教育学院经济管理专业,于 2003 年 7 月取得徐州教育学院颁发的成人高等教育专科毕业证书。

2002 年 12 月,张拥军被劳动部电力行业职业技能鉴定指导中心评定为送电线路技师。

2007 年 12 月,江苏省电力系统高级技师考试在南京举行,全省 1000 余人报名参加。考试极其严格,送电线路专业仅有 11 人合格,其中南通 3 人、无锡 2 人,徐州、盐城、常州、扬州、镇江、南京各 1 人,张拥军的考试成绩在 11 人中排名第三,是徐州市唯一通过本次考试获得送电线路高级技师资格证的。

2007 年 6 月 25 日,张拥军光荣加入中国共产党。

他所有的学习都是为促进业务而学,所学的知识无不和他从事的专业紧密相连。越学,他越感到自己应知的东西太少;越学,他干好本职工作的思路越开阔。

为提升故障辨识效率,张拥军利用空闲时间自学了气体放电理论、材料物理学等知识,从根本上弄清异物搭接放电、雷击闪络的机理,总结出一套利用反射光线角度快速查找放电点的方法,为实现线路故障"快速定位、一击必中"夯实了基础。

小小发明激发了创新动能

创新不分早晚,英雄不问出身。用日积月累的奋斗,换来日新月异的技术创新;用滴水穿石的决心和毅力,换来聚沙成塔的创新突破。

张拥军认为,公司深入实施人才强企战略,高质量发展的动能必将更加澎湃有力。要想把输电线路运检工作干得漂亮,不能停留在常规故障的发现和处理上,必须学会分析原因、主动应对,必须勤思考、敢想象、常动手、会创新,才能在新征程上赢得优势、赢得主动、赢得未来。

"10 年磨一剑"的张拥军,已经具备了丰厚的知识积累和实践经验,开始展开想象的翅膀。创新,是张拥军输电线路运检工作中最大的与众不同之处。

2006 年夏天,连日的暴雨使乡镇道路充满泥泞。在巡视 110 千伏九沭线的途中,车辆打滑陷入了泥窝。张拥军与同事们手推、肩拽、垫石，用尽各种办法，花费了近两个小时，也没能使车子脱困，无奈只能"坐以待援"。下午5点，在救援车的牵引下，他们的车子才缓缓驶出泥窝。

当时，不只是张拥军所在的班，线路工区其他班组也遇到过类似问题。仔细分析救援车牵引过程后，张拥军决定自己动手，制作一个绞盘式车辆脱困辅助装置。

创新来源于现实中遇到的困难。张拥军从汽车修理厂借来与班组车辆同尺寸的报废轮毂，在测量好轮毂固定孔径后，又到车床加工中心定制了加长螺栓，将旧轮毂作为辅助牵引绞盘与车辆轮毂同轴固定，再找来已废旧不用的铁链，将其一端焊接在绞盘上，另一端通过缠绕、强夯等方式固定在户外树桩或地面上，以此为着力点辅助车辆脱困。投入使用后，车辆被困的情况再没发生过。

这项发明获得了"新沂市供电公司职工技术创新年度金奖"。

一项小小的发明获得了公司领导和同事们的肯定，这对张拥军是一个不小的鼓舞，也拓宽了他的思维：如果把创新的目标瞄准专业需求，让输电线路运检工作更科学、更高效，那么，创新的价值和意义岂不是更大？

2008年前后，新沂部分乡镇10千伏、35千伏线路水泥电杆拉线的UT线夹经常被盗，由此造成倒杆、断线、放电等事故，严重影响了百姓用电安全和可靠供电。为此，线路工区，增加巡视频次，用混凝土包裹线夹，但都事倍功半、收效甚微。

正当大家为此苦恼不堪的时候，张拥军针对如何解决UT线夹被盗动起了心思。他别出心裁地设想"假如我是小偷",让自己进入"小偷"的角色,在水泥电杆周围反复模拟,体验小偷所有可能的作案过程。

他总结出,这些小偷的作案工具无非就是常见的活手扳、套筒、小锤子等,只能依靠蛮力单独破坏线夹螺母,而对螺纹的缝隙却束手无策。UT线夹防盗存在的弱点找到了,张拥军尝试在缝隙处打孔并夯入钢钉,以此将螺母、螺杆同步固定,让外力拆卸无法下手。

至此,一款专门为UT线夹加装防盗孔的模具被张拥军研制出来了。

张拥军发明的UT型线夹加装防盗销技术,成本低、安装方便,且便于今后杆塔拉线调整,保障线路安全运行。这项发明彻底解决了UT线夹频繁被盗的难题,同时有效避免了UT线夹被盗后倒杆断线现象的发生,提高了供电可靠性,保障了电网安全,在全国电网具有推广价值。

2010年,这项发明获得国家专利授权。

张拥军另一项获国家专利的发明是手擎带电防腐操作装置。该项发明具有制作简单、操作省力、便于携带、经济实用的特点:带电自动喷漆防腐,采用地电位作业,无须对带电线路停电,工作时间没有限制,能充分保证安全距离;不论作业时间长短,均不受停电时间和检修周期的限制,可减少线路停电次数,提高线路供电可靠性。

除了获得两项国家发明专利,张拥军还研制出多项解决业务难题、在业内产生一定影响的新技术——

防止抱箍下滑技术：使用强力胶和金刚砂经搅拌后涂在抱箍内侧；使用气焊机将焊条熔化在抱箍内侧，形成凸珠状。此项研制对线路等径杆的实施证实，在原抱箍下加装防滑抱箍，通过外力试验和运行一段时间后，抱箍未出现下滑。

对接地线的改进：把原来的1根长、2根短、1根更长的接地线以及接地极分为5个个体，连接采用公母扣进行插接，然后用2个包分装；铁塔使用单相用单根连接，水泥杆使用三相用三合一连接，这样一来就形成了携带、使用和收线方便，不易打混缠绕、外观美感的输电线路接地线。

旋转式树枝修剪器：采用绝缘操作杆及机械传动机构，产品考虑与带电线路的安全距离，用环氧树脂绝缘操作杆，头部安装传动机构，用剪头挂在树枝或树头上，轻轻转动操作杆将树枝或树头剪掉，提高输电线路的供电可靠性；减少与用户及绿化单位的冲突和不必要的损失。

张拥军还研制成功工程车辆牵引器，采用车辆自身传动动力，制作简单、操作方便、便于携带；研制成功带电作业多功能卡具，特点是固定牢固、可靠、便捷……

国网新沂市供电公司创新工作室里，摆放着张拥军的多项发明成果，一张张专利证书和获奖证书的背后，是张拥军对本职工作的热爱，是他从事电力巡线近40年来付出的心血和汗水，是他以科技创新推动输电线路运检工作高质量发展的见证。

风雨中摸爬滚打保障电网畅通

2009年7月1日晚,一场暴虐的龙卷风突袭新沂。龙卷风所到之处,民房被毁,大树被连根拔起,就连巍然挺立的电网铁塔也未能幸免。

傍晚5时40分,新沂市供电公司线路工区接到调度电话:220千伏平姚2640线、邵平2617线、平纪806线线路跳闸。

5时45分,集结在线路工区待命的员工,在临时现场指挥张拥军的带领下,火速赶往测距事故点。

事故现场,触目惊心。以往高耸入云的电网铁塔,此刻躺倒在205国道上,完全阻滞了国道来往车辆的通行。两端被阻的车辆越聚越多,张拥军意识到,必须尽快疏导车辆避开事故点绕道行驶,不然,新沂境内的205国道将陷入瘫痪!

张拥军协调线路运行一班、运行二班密切配合,各就各位,很快组成了维持交通秩序的指挥岗。

张拥军是最先抵达电网铁塔倒塌事故现场的。他想到,公司领导肯定对龙卷风可能造成的灾害和损失十分关注,急需在第一时间得到前方的信息,以部署应对措施。

他立即拨通了工区负责人的电话:"我现在事故现场向您报告:205国道新沂北郊段南北两侧的3号、4号铁塔拦腰折断,受损的220千伏导线横在公路上,道路通行被阻断,我们正在疏导车辆绕道行驶……"

张拥军发现，单靠他们组成的临时交通指挥岗的引导，效果不理想，来往的外地车辆认的是交通警示标志。他立即联系姚湖变电站，调用其警示栅栏。姚湖变电站行动迅速，60多米警示栅栏很快运抵现场。

张拥军认为，此次交通阻滞，是电网铁塔倒塌造成的，不是交通肇事一类的事故，不好麻烦新沂公安交警部门协助处理，但可以就近求助新沂公安交警大队北郊中队，向他们借用警示护栏和敬告牌。

张拥军在电话里通报的情况，受到了新沂公安交警大队北郊中队领导的重视。10多分钟后，北郊中队就运来了两排庞大的交通限制栏，分别横在公路东西两端，并派出交警维持秩序、疏导交通。

张拥军沉着应对，采取一系列果断措施，在较短时间内疏导了南来北往的车辆，保证了新沂境内205国道的畅通。

7月2日凌晨1点，正忙碌在电网铁塔倒塌现场的张拥军接到通知，郯新路与平墩变电站连通的路上，50余棵碗口粗的大树被刮倒，撞毁电线、阻断了交通，他们必须即刻前往清障。

张拥军带领线路班组人员，马不停蹄地赶到郯新路与平墩变电站连通处，砍削树枝，清理通道。他们的脸上、身上被树枝刮破了，夏日蚊虫的叮咬奇痒难耐，还有困乏、口渴，他们也全然不顾，奋战到凌晨4点多，为天亮后进行电力抢修节省了时间。

2012年5月，张拥军被任命为输电线路运检班班长。

输电线路运检班共有10名员工，当时业务量不算繁重，工作还不是太忙。后来陆续有员工退休和调动，员工减少到了4名，而承担的任务越来越重，线路总长达到1563公里。每个人每天都在连轴转，班长张拥军更不例外。

他们巡查线路安全，还包括在高压线下施工者的人身安全。发现有吊车在高压线下施工的，就及时制止他们，防止碰到高压线，还要留下一名员工坐镇看守，直到施工结束吊车开走才能离开。发现有在高压线下钓鱼的，虽然附近标有警示牌，但员工也要上前劝阻，提醒他们："此处高压线危险，请迅速远离！"

班长张拥军和全班员工坚守的原则，不仅仅保证了电网的安全，而且更关心电网下面人民群众的生命安全；不是等因触电造成人身伤害事故后再去追究谁的责任，而是必须把可以预见的事故消灭在萌芽状态。

不管多少次坐镇看守，不管多少次苦口婆心地解释、劝阻，都是值得的！

"活地图""千里眼"永续传承

殷龙是一名新进的大学生，从东北来到新沂，到运检班实习的第一天，就认识了班长张拥军。

听说张拥军先后7次被评为徐州供电公司先进工作者、安全生产先进个人，殷龙感到惊奇而又佩服，对眼前这位班长产生了浓厚的兴趣和好奇。

殷龙开始利用工余时间不厌其烦地向每一位员工了解张班长的传奇事迹。随着了解的深入，他对张拥军的敬意日益加深。

员工们说，咱们的张班长是全公司无人不知的一张"活地图"。

张拥军对供区地形地貌、建筑分布的熟悉程度是惊人的。他之所以能对新沂交织纵横的河道路网、铁塔线路分布熟稔于心，得益于他常年坚持自制地图，且时时更新。至今，张拥军已经积累了200余本画有地图的笔记本，上面以图文形式记录了线路、铁塔位置以及周边环境，先是用铅笔记录输电线路、铁塔信息，然后用蓝色和红色水笔不断添加沿线周围新出现的某个小区、某片厂房等。看过这些笔记本的同事无不感叹："新沂的山山水水都在张拥军的地图上，并且随时更新，比百度地图更新得还要快。"

关于张班长是一张"活地图"的传奇，殷龙在后来和张拥军一起工作中也得到了证实。

一次是新沂市供电公司组织专家和相关人员讨论"新凤鸣"集团新沂产业基地220千伏用电接入方案时。当时殷龙在场参加讨论。张拥军结合方案中途经的村庄、小区、企业、公路、铁路、河道等情况，估算了建设周期和投资总额，给出了建议："如果选择从新平墩变电站接入，可以避免跨越高速公路和铁路，线路总长约22公里，可以节省投资近3000万元。"

一言既出，语惊四座。

与会人员有的惊叹，有的点头赞同，当然也有不屑的：

"你有什么科学依据，敢说按照你的建议，工程可以节省投资近3000万？"

会后，经过实地勘查，测算结果与张拥军的估算几乎一致。设计院的专家惊叹道："早就耳闻张拥军是一张行走的活地图，果然名不虚传！"

还有一次是2019年8月初，气象预报台风"利奇马"将在一周后过境江苏。台风预报刚一发出，张拥军立即行动，将境内沿河湖、丘陵、山体分布的输电线路和铁塔梳理形成清单，提前巡视一遍，并将线路与铁塔存在的风险、沿途道路开放情况与路况等信息在笔记本上作了更新，与同事分享，为台风过境期间开展线路特巡做好了充足准备。

8月10日前后，台风"利奇马"如期而至。根据张拥军笔记提供的信息，公司输电运检班高质量完成了抗台风保供电主网线路巡视工作。殷龙看到张拥军的笔记本标注：塔山南侧常走的那条近路存在滑坡风险。殷龙就小心翼翼地记住了，按照张拥军的提醒，经过那里时特意绕行。回来的路上，村民告诉他："幸亏你绕道，那条路被暴雨冲塌了。"

员工们说，咱们的张班长不仅是一张"活地图"，他还有一双"千里眼"。

关于张拥军有一双"千里眼"，殷龙实习结束正式参加工作后不久就感受到了。

那天，张拥军带殷龙对110千伏神徐线进行例常巡视。当来到16号塔附近时，张拥军停住了脚步，观察一阵后说："C相弓子线有跳丝，是两侧压接螺栓松动或锈蚀、单股导线发热熔断所致。"

张拥军的话让殷龙半信半疑。殷龙举起望远镜仔细观察了一会儿，并没有发现张拥军说的情况。随后，他操作无人机多角度、近距离查看，当传回的画面上显示熔断的跳丝后，殷龙瞪大了双眼，真是神机妙算啊。

从那时起，殷龙把对张拥军的敬重倾注在苦心钻研业务上，不懂就及时请教，目标是将来也能像张拥军那样精通业务，成为国网新沂市供电公司输电线路运检班第二个"活地图"和"千里眼"。

作为输电专业毕业的新时代的大学生，殷龙的勤奋好学，让张拥军看到了一个有出息的年轻人的明天，他要把自己这些年积累的所有经验都毫无保留地传授给他。当公司党委倡导组织开展"名师带优徒"时，张拥军爽快地收下了殷龙这个徒弟。

第八章

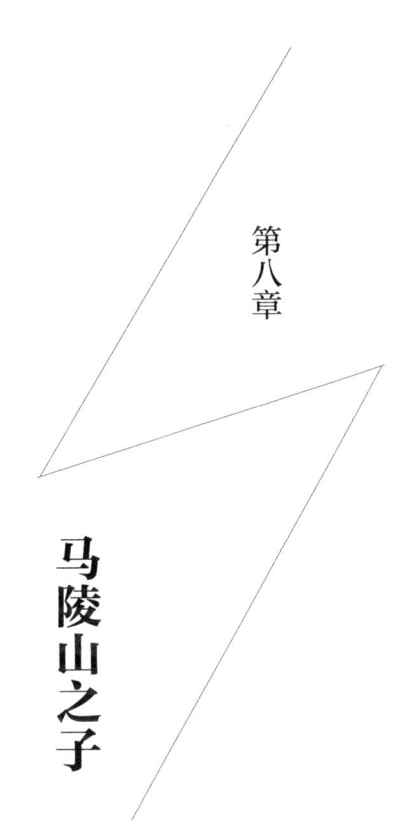

马陵山之子

2022年7月28日，狂风大作，暴雨如注。

她给他打了3次电话，每次都是忙音。慌乱中，她突然明白了，天气这样恶劣，丈夫那边肯定遇到了紧急情况，只能自己一个人冒雨赶紧将腹痛难忍的儿子送到医院。经医生诊断，儿子为急性阑尾炎。办理好住院手续，看着孩子挂完水睡着，她坐了下来，才知道自己到底有多怕多累。

病床旁，出现了一个浑身湿透的男人。他，就是男孩的父亲，供电人陆大亮。

山里娃走上了电工之路

1997年6月的一天，高中毕业的陆大亮来到新沂市水利局河海公司施工团，向人打听工人面试是在哪个房间。看着整齐气派的办公楼，他多么渴望在这里有一间属于自己的办公室。

陆大亮出生在马陵山西侧的山坳里。在山坳的最凹处，有一个叫陆沟沿的自然村，那就是他的家乡。他的爷爷、奶奶和父母都是农民。

陆大亮8岁起在张庄小学读书。这所山村小学，虽然偏僻闭塞、设施简陋，却出过不少闻名乡里的好老师。陆大亮刚入学时就听老师告诉他：十几年前本校有一位张老师，他把微薄的工资，几乎全部用于给班上家庭贫困的学生买练习本和学习用具，把他母亲积攒的留到小店里换油盐酱醋的鸡蛋拿去卖了贴补学生，多年如一日，在远远近近的百姓中传为佳话。

陆大亮上小学时，身边都是爱生如子的优秀教师，他们高尚的师德，潜移默化地影响着他，引导他自幼形成了正确的人生观和价值观。

小学五年级的第二学期，陆大亮代表张庄小学参加全县小学生数学竞赛并获得第5名，在农村小学参赛的学生中，他的分数排名最高。一所山坳里的村小学，竟然出了这样一个好学生，让许多知名小学的师生为之惊叹。

那时农村已实行联产承包责任制。入夏后每次放学回家，他的第一件事就是去村外割猪草。麦收后，他拉着父亲自制的装有一个木桶的简易水车去沟里拉水，和父母一起带水栽山芋苗。暑假期间承包地的烟叶收获了，他成夜成夜不休息地看守烟叶炕，随时掌握火候，确保每一炕烟叶都炕得黄而不焦，烟厂收购时能卖上个好价钱。

曹刘村的农田都在岗坡上，七沟八梁，仲夏时节，三日无雨禾苗蔫，五日大旱地冒烟。刚栽的山芋秧需要回水，焦渴的花生地、玉米地都裂出了横七竖八的口子，在眼巴巴地等着浇灌。赤日炎炎，陆大亮一趟一趟从沟里拉水到田里，一瓢一瓢浇在禾苗的身旁……

一个山里的农家孩子，少年时代就吃尽了成年农民才能经受住的苦头。

……

有人拍了拍他的肩膀，打断了陆大亮的回忆，他这才发现施工团负责人就在眼前。

陆大亮年轻壮实，负责人很满意，特意安排一个脾气好、经验丰富的师傅带他。陆大亮在施工工地除了看加油站、开挖土机干活，还跟师傅学习修理水泵和其他机械，学习施工图纸，很快就成了施工团处处用得上的一名技术工人。

1999年9月，曹刘村党支部决定在全村物色一个村电工，征求大家的建议，乡亲们不约而同地推选了陆大亮。村支书得知陆大亮在河海公司施工团上班，专门找到施工团的领导协调，施工团领导不愿意放人，说陆大亮是他们培养出来的技术骨干，村支书好说歹说，才把陆大亮要回村里。

陆大亮很喜欢村电工这份工作。在家门口上班，每天检查线路、月终收电费。服务对象都是庄亲庄邻，谁家的电灯电线出现故障，他随叫随到立马修好，每次抄电表收费从不多收一分钱，他的勤快、诚实，得到了村民的称赞。

高温抢修留下"中暑后遗症"

陆大亮和同事钻进玉米地，来到故障现场，把断了的导线一条一条解下放在地上，一条一条绑接牢固。从中午开始，紧张施工一直进行了3个多小时，直到下午3时才送电正常。抢修快结束时，陆大亮开始像上次那样出现恶心、干哕，他坚持到抢修结束，正要走出玉米地，忽觉天旋地转，然后就晕倒了。

陆大亮从迷糊中清醒过来时，发现自己正躺在村卫生室的小病床上吊水。村医得知他去年的这个时候中过暑，对他说："以后你每到暑热天气都会有出现中暑症状的可能，这就是'中暑后遗症'，没有办法根治。每年入伏后露天施工，得时时警惕注意防暑。"

这不是陆大亮第一次中暑，也不是陆大亮第一次遭罪。躺在简陋的卫生室，陆大亮为自己放起了"电影"——乘风破浪的人生。

2002年1月，陆大亮参加农电系统统一招聘考试，正式成为农电工，被分配到棋盘供电所担任抄表工。

在一般人的眼里，抄表工的工作很简单，就是抄抄电表数字，按照用电量收电费就行了。其实，供电所抄表工的职责范围远不止抄表。它要求抄表的时间必须固定，不得任意变动，无论刮风下雨、酷暑严寒，都得严格执行抄表例日，以取信于用户；要认真

第八章　马陵山之子

做好现场电表数据采集工作，做到不错抄、不漏抄，计算准确无误，并及时对新建客户档案所属抄表路段进行确认；除了定期抄表、及时收取电费，还要进行现场用电检查，认真核对客户用电性质，对异常情况及时进行缺陷登记；随时做好线路的检修、电表的安装或更换、定期进行表计检查；向群众宣传安全用电知识，通过巡检避免个别用户偷电现象的发生。

陆大亮负责曹刘、官沈、陵西等3个行政村共1510余户的抄表和用电服务。这3个村均地处山区，交通不便，去各用户抄表、检查线路都是山路，骑车行走在路上一颠一颠的。

2004年7月16日夜11时许，陆大亮接到官沈村党支部书记打来的电话，说他们村的南半边农户断电。支书焦急万分，语气急促，陆大亮二话不说，一口答应下来。他立即带齐工具及备件，骑上摩托车，"马不停蹄"地赶到官沈村。顾不上寒暄，陆大亮很快找到了停电的原因——配电箱里的交流接触器被烧坏了。陆大亮从备件包里取出新的交流接触器换上后，送电正常。

深夜12点，陆大亮骑摩托车回家，半路上，连人带车跌入路边排水沟里，右腿被灼热的摩托车排气管压住不能动弹……

右腿被烫伤的第一周，陆大亮白天拖着伤腿坚持上班，晚上到村卫生室挂水消炎。一周后不用挂水了，村卫生室医生叮嘱他需要在家卧床休息几天，防止受伤部位感染。陆大亮却一天都没有休息，右腿上留下了一片长长的瘢痕。

2006年7月24日，暑热难耐。上午11点，陆大亮接到报修电话：

棋盘镇小冲村坝北组低压线路倒杆断线。陆大亮及时赶到事故现场，和棋盘供电所的同事一起，紧张抢修近4个小时。下午3点多，陆大亮突然难受起来，头痛、头晕、干哕、四肢无力、出汗不止。同事赶紧将他送到就近的小冲村卫生室。

村卫生室唯一的村医，是个中年全科医生。他一看陆大亮的症状，就断定是中暑了，立即予以输液治疗。

两瓶水挂完，陆大亮的症状有了好转，但身体还很虚弱，说话都没有力气。村医告诫他："以后高温季节露天作业一定要注意，要避开中午到下午3点这段时间。像你这样的情况，如果当时无人在场，很容易出现生命危险情况，要是造成'中暑后遗症'，那就影响一辈子了。"

对村医的告诫提醒，陆大亮点头应和，心里却在说：自己还不到30岁，从小吃苦惯了，这次中暑只是偶然的，没那么娇气，怎么可能造成"中暑后遗症"。遇上暑天突然停电的情况，多少村民在焦急地盼望早点来电，气温再高也得尽快抢修好，怎么能待在家里躲过高温时段？

2007年7月1日，陆大亮加入中国共产党。

一个山里娃，在村干部、父老乡亲和单位领导的关心下，一步步成长为供电所农电工、共产党员，30岁的陆大亮对人生和事业充满了期望。

2007年7月18日11时40分，棋盘镇陵西村高压线路出现断线。陆大亮接到报修电话立即赶到现场，发现故障点在村西一片茂密的玉米地里。

去年这个季节，陆大亮是在村外的空地中暑的，这次抢修是在密不透风的闷热的玉米地，环境比上次更容易中暑。陆大亮自恃小时候暑热天常在玉米地干活，满脑子只想着怎么尽快抢修好线路，把上次村医高温季节要防范中暑的提醒忘到脑后了。

连续工作了三个小时，他晕倒了。

惠民工程让老百姓得到实惠

从 2002 年 1 月起，陆大亮在棋盘供电所抄表工的岗位上干了整整 10 年。2012 年 3 月，他成为棋盘供电所的技术员，一干就干到 2017 年年底。

这 15 年间，他没耽误过一天工作，甚至连孩子出生，他都没请过假。

2004 年 9 月，陆大亮考入徐州电力技工学校。通过在职自学取得专业学历以适应业务需要，是国网新沂市供电公司党委对每一个员工的要求，是低学历的中青年员工必须补上的一课。

学校规定，学生平时在家自学和参加函授学习，每两个月必须到校上课 15 天。怎样解决学习与工作的时间冲突问题？陆大亮没有更好的办法，只能多出力多流汗。每逢到校学习，陆大亮都是请负责相邻区域的农电工帮他巡查线路，学习回来他再帮助人家，

"还回人家的时间"。

从徐州电力技工学校供用电技术专业毕业取得中专文凭后，陆大亮一鼓作气，2013年3月参加全国成人高考，如愿考取了南京工程学院电气工程专业。也是遇到了好时机，南京工程学院在徐州设立了教学点，每个周六和周日都在教学点集中上课两天，方便了徐州周边地区学生的学习，也让陆大亮长出一口气。2015年7月，陆大亮取得大专文凭。陆大亮乘势而上，2017年3月又考取了南京工程学院电气工程及其自动化专业，2019年7月取得大学本科文凭。

一路学习下来，工作没耽误一点，陆大亮的职业生涯也翻到了重要的一个章节：2018年1月，陆大亮调任新店供电所安全员。

对供电这个特殊行业来说，强调"安全重于泰山"的意义尤其重要。在新的工作岗位上，陆大亮更加忙碌。

首先是主动协助所长制订本所安全生产计划和工作目标，监督本所各岗位安全责任制、各项安全生产规章制度、安全措施、反事故措施的落实。其次还要协助所长开好安全工作例会，分析安全形势，认真开展安全考核、安全检查，对检查中发现的问题与安全隐患，及时提出整改意见，并做好详细记录。

除此之外，他还坚持对辖区内的电力设施进行定期安全巡视检查，开展安全性评价活动；参与事故调查，做好调查统计和上报工作，做好全所人员的安全培训、安全规程学习与考试，按时、准确填报有关安全报表。

陆大亮任安全员的一年里，新店供电所在上级公司开展的历次安全检查考核中均获得最好成绩。

2019年，陆大亮改任新店供电所技术员。

在例行线路巡检时陆大亮了解到，新店镇小湖村"福圩家园"、大湖村"农村集中居住区"这两个新农村居民小区，一直使用的是临时用电，每个小区只有承建方留下的1台200千伏变压器，三天两头停电，居民怨声不断。

这两个小区共有1300多户拆迁户，居民用电成为陆大亮上岗之初下决心解决的一件大事。他多次与村里、镇里进行沟通协调，及时上报给国网新沂市供电公司，得到了相关部门的支持。

规划是切实可行的：从110千伏滨湖变电站引出滨湖线、滨小线两条10千伏线路，新上高压环网柜2台、400千伏安箱式变压器4台、400千伏安柱式变压器6台，两条线路长10.34公里，需建铁塔16基。

这本是一项惠民工程，可以彻底解决两个小区的居民正常用电，但是在施工过程中，有的村民不让线路从自家门前过，有的村民不让电杆、铁塔安装在自己家的承包田里。虽然上级单位按照相关规定给予了土地损失补偿，可这些农户就是不让施工。陆大亮联系当地的村干部，请他们出面做工作，同时他自己也逐户登门，入情入理地说明线路改造的意义和对用户生产生活带来的诸多便利。

陆大亮为民办事的诚心终于打动了村民，保证了工程的顺利施工。

一滴滴水，汇成了大河。在担任新店供电所技术员期间，陆大亮带领员工和施工队伍更换超重载变压器与轻载变压器58台，新上变压器36台，对私拉乱接严重的126个台区进行了专项治理，彻底解决了变压器超重载、零电量和三相负荷不平衡等问题，保证了全镇供用电的安全可靠性。

成为马陵山运维基站当家人

2021年6月，为了方便农村电网故障抢修的及时、快速，国网新沂市供电公司将全市乡镇分为东、南、西3大片区，分别建立了北沟、马陵山、王楼等3个运维基站。陆大亮受命担任马陵山基站主要负责人。

作为"十人桥"共产党员服务队队员、马陵山运维基站的带头人，陆大亮深知肩负的责任重大。他认为，运维基站要想适应工作需要，必须实行军事化管理，大力弘扬"十人桥"精神，锻造一支作风顽强、勇于吃苦、敢打硬仗、战之能胜的"电力铁军"。

马陵山运维基站担负着新沂南片的马陵山、新店、邵店、棋盘等4个乡镇所辖区域的线路运行和检修维护，包括所有10千伏线路通道清理、变压器超重载及轻载治理、三相负荷不平衡治理、关口电压质量治理以及主动消缺、令克及引下线更换等。基站有管理人员2人、运维员工10人、带电作业班7人，配备一般抢修车辆6辆、特种抢修车辆2辆。

为带出一支政治和业务技术双过硬的运维队伍，陆大亮加强政治学习，提高员工的思想觉悟，牢固树立"人民电业为人民"的服务宗旨。

针对运维基站新员工较多、技能水平参差不齐的状况，他利用每天晨会和巡视现场等机会，强化业务技能培训，对必须牢记的线路运行检修知识和相关操作规程等内容，做到每天一培训、每月一小考、季度一大考、年终全面考核，让青年员工尽快成为本职业务的行家里手。

工作中，不仅有铁的纪律、严格的要求，还有人性化的管理相辅相成。陆大亮像关心自己的亲人一样关心员工，员工的家庭有什么困难他会记在心里，只要他们有需求，他都会尽心尽力给予帮助，被员工们亲切地称为"细心保姆"。马陵山运维基站，处处充满着和谐、温馨、奋进的工作和人文氛围。

陆大亮脚踏实地，不急于求成，他带领员工进行了大规模的线路通道内树木清理。到2022年7月底，砍伐、修剪线路通道内的超高树木共计25300多棵；对变压器超重载、三相负荷不平衡、关口电压质量等及时调整处理；对巡视发现的缺陷，能处理的及时处理，不能处理的及时统计上报，结合停电计划开展消缺。运维基站先后处理一般缺陷1267条，更换令克、避雷器、引下线16台次，变压器调档98台次，处理三相负荷不平衡187台次。新沂南片4个供电所的10千伏线路跳闸率压降了47.23%，抢修时长压降了45.21%，三相负荷不平衡压降了52.34%，没有发生一起线路和变压器超重载事故。

这支队伍，像驻军一样，忠诚地守护着新沂南片广大地区的线路安全。

2022年7月10日上午9时50分，棋盘镇龙马大道陵西加油站附近，一辆宿迁牌照的大货车将10千伏王岗线果园1号变压器北侧电杆及拉线撞断，导线随之被拉断。陆大亮立即带领员工，带齐抢修器具迅速赶到现场。

紧张抢修的同时，陆大亮联系了一辆板车运送电杆，联系了一台挖机来到现场挖坑埋杆，终于在11时30分完成抢修任务。听到大家欢呼"来电了，来电了"，陆大亮笑了，所有的辛苦都值了。

2022年7月28日下午1时许，新沂南片的马陵山、新店、邵店、棋盘等4个镇遭遇狂风暴雨袭击，造成马陵山供电所的马周线、马东线，新店供电所的滨南线、滨矿线、滨石线，棋盘供电所的棋沟线、王新线，邵店供电所的凤北线等，多条线路跳闸。

突如其来的灾害，考验着马陵山运维基站应对突发重大灾害的能力。作为马陵山运维基站负责人，陆大亮在完成这次灾害造成的线路损毁抢修任务中，显示了出色的组织协调能力。

下午1时40分，在连续接到南片4个供电所的告急报修电话后，陆大亮意识到这次暴雨造成的大面积线路损毁，单靠马陵山运维基站的力量，虽然能够完成抢修任务，却很难做到在尽可能短的时间内恢复供电。

他第一时间向设备管理部门汇报了线路受损情况,同时,果断将运维基站的人员及车辆分为4个抢修小队,冒雨分别奔赴4个镇域巡视排查故障点。他本人则坐镇抢修任务最重的抢修小队,和其他3个抢修小队随时保持电话联系。他还建议每个抢修小队细分成若干个抢修小组,某一处的故障抢修结束,立即把人员调往急需的地方。

狂风暴雨来势猛、雨量大,一棵棵大树被刮倒在路上,撞断了电线。抢修人员必须先清除路障后才能抢修线路,有些线路通过稻田,得蹚水到稻田里巡查故障点。

这次抢修,任务很重。仅马陵山镇域就更换烧坏的变压器3台、高压开关1台、裸铝线1处,抢修低压断线倒杆18处,清理倒在线路上的大树38棵。更换新店镇域裸铝线4处、变压器1台、低压倒杆断线2处,清理大树28棵。更换邵店镇域低压倒杆断线4处,清理大树40多棵。更换棋盘镇域高压三线担2根、高压开关1台、导线脱落8处,清理树木100余棵。

从下午1时40分到当晚7时20分,经过5小时40分钟的紧张战斗,新沂南片4个镇的所有线路故障全部抢修结束。

是谁的手臂和脸上,留下了被树枝刮破的横七竖八的印痕?是谁蹚水进稻田抢修,胳膊、腿上被锋利的稻叶刮出一道道血口子?是他们,是供电人。

他们的衣服湿透了,雨水和汗水混在一起;他们从各个故障点胜利归来的时候,就像刚从战场上下来的伤兵。他们,是供电人。

直到此时,陆大亮才知道,他的爱人接连给他打了3次电话,他们12岁的儿子得了急性阑尾炎住了院……

这个经受过无数次摔打的男人,这个荣获新沂市"最美产业工人"称号的汉子,躲在一个背人的角落,流下了热泪,混杂着歉意和骄傲。

第九章

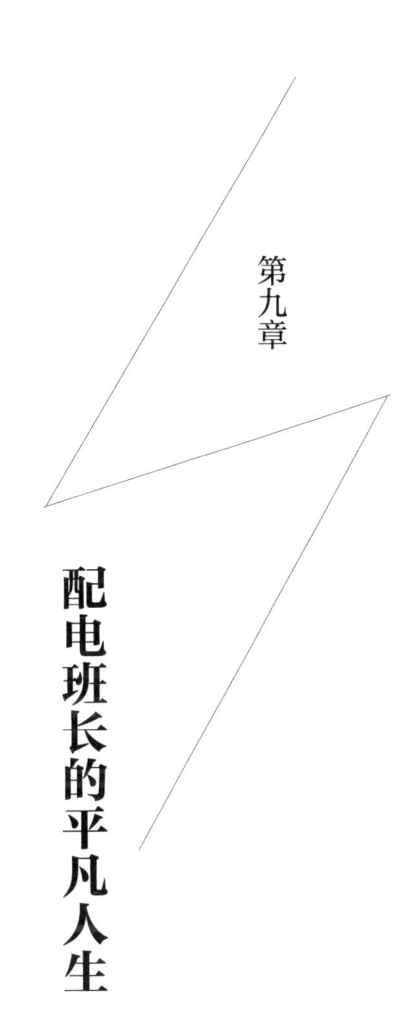

配电班长的平凡人生

"我正在明发集团新沂中心二期新建住宅小区配电室进行电气复验,关系到近千户居民的新房交付,时间紧、任务重,挂了啊!"他抱歉地挂断了爱人的电话。

"屋顶分布式光伏发电项目准备接入配电网,我们正在现场对总容量、导线载流量、变压器可接纳能力等情况综合核查,绝对不能出现任何差池,对不住啊!"他抱歉地挂断了朋友的电话。

"你们俩要对线路所带负荷较大的地方重点排查,严格检查柱上配电设备、电缆头、引线、设备线夹有无高温过热现象,发现缺陷和隐患及时报告……"他在现场不停地叮嘱同事。

"真的没有什么值得宣传的,我也只是在做一名共产党员该做的事情。对不起哦!"在施工现场,他多次婉拒新闻记者的采访。

中秋保电、国庆保电、党的二十大期间保电。忙,成为国网新沂市供电公司设备管理部配电运检班的标配。牛,也是班长杨宗远的平凡人生的重要组成部分。

电工首先学会爬电线杆

杨宗远是顶替父亲的岗位参加工作的。受到父亲的影响,杨宗远从小就对电产生了浓厚的兴趣。

20世纪90年代初,刚来到线路工区检修班时,杨宗远才17岁,什么也不会干,趿着拖鞋这边瞅瞅,那边拉拉。

那时候爬电杆,脚踝上套的是木制的脚板,还不是后来的铁制"脚扣"。三四米高的电杆,他只向上爬两三下就滑了下来。

师父嗔怪他:"你连这么矮的电杆都爬不上去,怎么当线路检修工?"师父教他从练爬杆学起。从那以后,杨宗远天天练爬杆,不知滑下来多少次,滑下来再爬,就这样坚持苦练3个月,后来越爬越高,不仅可以轻松自如地上下15米的电杆,还能爬上高达30多米的铁塔。

线路工人的善良与淳朴,粗犷与豪迈,坚韧与忍耐,对杨宗远的人生观有非常深刻的影响。伟岸的钢塔,逶迤的导线,闪亮的瓷瓶,刚劲的拉线,就连沿途的沟沟堑堑、房垛茅舍、荷塘鱼虫、落日飞燕,都是他眼中最美丽的风景,一道抹不去的心灵彩虹,彼此照应着,搀扶着,依偎着,倾诉着,让人欢欣鼓舞,精神抖擞。

1992年10月,在110千伏新(沂)王(庄)线架空线路T接工程施工。所谓线路T接,就是在一条主线路上,分支出另一条架空线路,可以节省大量的人力、物力和财力,是当时较为流行的一种做法。

第九章 配电班长的平凡人生

由于人手紧，运杆、挖坑、立杆都是线路检修班员工自己干。杨宗远每天和同事们用平板车将水泥电杆运到施工现场，挖好基坑，用滑轮组配合绞磨机将电杆立起，然后用石锤夯实根基。线路安装时两人一组，一人上杆、一人在地面监护。杨宗远不论和谁分在一组，都是他上杆，将瓷瓶、金具等带到杆顶安装，让别的同事在地面监护。

工程进入12月份，天上飘起了雪花，在杆顶施工，西北风会像刀割一般吹在脸上、钻进脖子里。可杨宗远每天冒着刺骨的寒风坚持空中作业，直到完成施工任务。

1994年年初，新沂市首条220千伏潘（家庵）平（墩）线瓷瓶更换工程开工。线路工区参与施工人员40人，分成3个组，自西向东分段施工，首站进驻贾汪区董庄煤矿附近。220千伏平墩变电站1985年10月30日投运，主变压器容量120000千伏安，是新沂第1座220千伏变电站。徐州发电厂经潘家庵变电站至新沂220千伏输电线路110公里，变电站占地38.36亩。变电站地处徐州、连云港两市中间，也是新沂、邳州、郯城、东海、沭阳等市（县）的电力枢纽点。它对增强徐州电网的供电能力、保证徐州东部及邻近市县工农业生产和人民生活用电起到重要作用。

潘平线瓷瓶更换工程线路总长80余公里，途经徐州1区3市县和山东省郯城县的杨集镇，全线施工均为带电作业，不仅安全要求高，且劳动强度大。每基电杆39片瓷瓶，而线路大都架在农田里，车子进不去，需要人工把瓷瓶扛到田里的电杆下，一趟得扛好几里远。不光要扛瓷瓶,还要带绝缘挂板、绝缘绳、一套专用的屏蔽服。瓷瓶等运抵电杆下之后,杨宗远的任务就是穿好屏蔽服上杆施工,取瓷瓶、挂瓷瓶,从天亮一直干到黄昏……

白天他们换上工装,佩带登杆工具到野外施工,晚上回来后吃饭休息。山川在梦中摇曳,飞燕在梦中翱翔,溪水在梦中奔腾。

工程历时一个多月,这期间杨宗远一天也没有离开过工地。

善意的谎言温暖一座城

1996年4月,年轻的杨宗远从线路工区线路检修班调到用电管理所配电班做配电工。

用电管理所配电班主要负责新沂城区高低压线路的运行维护、改造和故障检修,包括10千伏线路的施工,服务城区近3万用户。

当时新沂城区的供用电现状令人感慨,设备陈旧,变压器配备数量少、负荷量大,经常发生用电事故。

配电班的繁忙也超乎想象:6名员工团团转,东奔西走,一开始实行的是上24小时班休息24小时。很快,接到报修电话派出抢修的人手不够用了,就改为上班24小时休息12小时。

1999年的盛夏时节,一场暴雨突袭新沂市城区,造成多个小区、城中多条街道积水。这样的恶劣天气随时都可能发生电路故障,杨宗远和配电班其他员工寸步不离岗位,随时准备出发抢修用电

第九章 配电班长的平凡人生

设备。

那天夜里 10 时许，杨宗远接到报修电话，对方自称是某小区的刘姓居民。

"不知怎的，家里突然就断电了，灯泡开始还忽闪忽灭，这会儿就直接不亮了，怪吓人的，随时都可能发生意外事故。再说，气温这么高，突然停电，谁能受得了啊？请电工师傅赶紧过来。"

杨宗远安慰说："你们不要慌，不要擅自接触线路，我们抢修人员马上赶到！"

刘姓居民一告诉他所住的位置，杨宗远的脑海里就出现了那个他熟悉的小区：南北 10 排，每排 18 户左右，清一色的自建排房，两层或三层，室外供电线路敷设在每家房后的雨篷下，每排用户的电表集中安装在临街一户外墙的配电箱里。由于常年风雨侵蚀，墙外和室内电线的交接处很容易出现接触不良或熔断等故障。

接报 10 分钟后，杨宗远和另一名同事赶到现场。户主听到敲门声分外惊喜，打开院门，看到院外站在雨中的抢修人员，感激地说："你们来得真快啊！"

简单了解了情况，杨宗远从检修车上取下梯子来到房后。在住户后墙的雨篷下，他打着手电筒找到了故障点，墙内和墙外电线的接头处已经断离。抢修不到两分钟，住户室内供电就恢复了正常。

杨宗远抢修时跑得快，有时还会"骗人"。那善意的谎言，温暖着陌生人。

一次，杨宗远带一名同事巡检线路时，经过新沂市钟吾中学南侧的排房区。50多岁的户主迎出来告诉他们,他家已经停电好几天了。

杨宗远走进这家小院,院子里坐着个瘦瘦的老人。3间低矮的泥坯墙小瓦屋,电线全部老化,线径特别细,随时都可能发生用电故障。杨宗远让他的同事拆卸电线,他到电料门市自己掏钱买来了电线及其他配件,两个人忙了大半天,将这户人家的线路更换一新。

户主的手哆哆嗦嗦伸进口袋里掏钱,杨宗远把户主的手按住了,骗他说:"我们给你更换线路的费用,回去是可以报销的。"

一天晚上,快11点的时候,杨宗远在华泰华庭的居民群里看到住户发出的求助信息,他家的开关坏了造成停电。杨宗远按照住户提供的号码主动联系后,立即带上自家备用的开关来到住户家。户主感激不尽,一定要付开关钱和修理费用,杨宗远摆摆手就离开了。

虽然工作繁忙,但杨宗远也不忘自学充电。2007年12月,杨宗远被评定为配电线路高级工。

2009年7月1日下午4时许,一场从苏鲁交界生成的龙卷风,越过陇海铁路长驱直入新沂市区,然后扭头转向新沂东郊。龙卷风造成城区8条线路被刮断、3基铁塔被拧成麻花。

杨宗远和配电班全体员工立即出动,在被刮断的线路下面用绳子拉成围栏,保护过往市民的安全。调度员将线路设备由运行改为检修状态后,杨宗远带领员工进小区、访用户,巡查受损的接户线、进户线，进行了面广量大的低压线路故障抢修，苦战一个昼夜，共修复 30 多个故障点。

总结一套配网管理经验

2011 年 5 月，杨宗远光荣加入中国共产党。同年 11 月，杨宗远担任运维检修部配电运检一班班长。

配电运检一班管辖新沂市区 10 千伏配电线路 38 条，有公用变压器 625 台、专用变压器 310 台、环网柜 230 余座、配电室 150 余座，线路总长度 126.58 公里，纵贯整个市区及经济开发区。

由于配电设备的日益更新，新产品、新技术层出不穷，运检人员只有不断学习，掌握更多的新知识、新技术，才能用好、管理好配电网络新设备。拥有配电线路高级工技术职称的杨宗远，担任配电运检一班班长之后，真切地感受到了自身业务水平和工作需求之间的差距。

杨宗远通过自学和函授学习相结合，踏实学习业务知识和技能，增强自身专业技术素质，通过专业单元制培训，更深层次地掌握配电专业知识，学习新设备的管理、运行和配电设备新技术。

功夫不负有心人，杨宗远于 2014 年取得南京工程学院供用电技术专业大专文凭，2019 年取得南京工程学院电气工程及其自动化专业本科文凭。

长期积累的实战经验，再加上专业科技知识的武装，让杨宗远更加得心应手地适应运维检修的技术操作和现代化管理。他对新型变压器、柱上开关、电缆分支箱、环网柜等，有了一套比较成熟的管理和运行经验，对供电事故的分析和判断果断、准确，更是有效地减少了处理事故的时间。

2020年1月，国网新沂市供电公司成立配电运检中心，杨宗远当上了配电运检中心配电运检班班长。

杨宗远没有辜负大家的信任，在2020年的新沂市城市公共空间治理工作中发挥了重要作用。

他根据创建文明城市相关要求，制订了新沂城区公共空间管网治理方案，按照网格化要求，明确城区各网格公共空间治理相关责任人，依托网格化运维，统一指挥调度排查整治工作，推进了治理的精益化。

同时，他以创建文明城市为契机，压紧运维巡视的主体责任，组织班组成员开展各类管网巡视及私拉乱接专项整治行动，还在日常巡视设备线路时，积极向街巷小区居民宣传安全用电知识，提醒居民私拉乱接既不符合文明市民要求，也是对自己和家人的生命安全不负责任。

这样的宣传很见效，市区居民用户已很少发生私拉乱接现象。由于工作成绩突出，杨宗远被表彰为2020年度"新沂市空间治理优秀个人"。

2021年的新沂城区老旧小区改造，是杨宗远担任配电运检班班长以来打的又一个漂亮仗。他结合老旧小区改造的特点、难点、重点，分类制订具体施工方案，严格按照设计图纸、施工规范进行施工。

2021年以来，配电运检班已完成新沂城区10余个老旧小区线路改造工程，小区里也留下了他们的身影和汗水。

沭滨小区改造现场，杨宗远和配电运检班成员为减少停电时间，多次进行现场勘察，将原计划停电50小时的方案缩短至8小时。新苑小区改造现场，他们连续多个晚上加班到凌晨2点，对配电设备进行调试。

把"小事"办好，将"好事"办实

自党史学习教育开展以来，杨宗远坚持多措并举，充分发挥服务基层、服务职工保障作用，把"我为群众办实事"实践活动作为党史学习教育的重要内容，始终坚持把"小事"办好、将"好事"办实。针对历史遗留的居民小区飞线问题，他对照城市容貌标准，对城区市府路、南京路、公园路等13条主次干道公共空间治理，整改完成37处架空线路和废弃电杆等不规范问题。2021年12月17日，杨宗远来到城区化厅路，对华泰豪庭小区地下车库南门的10千伏线路进行现场勘察，并召集小区物业、周边店主进行民主协商，以便制订出最佳的迁改方案，尽快方便业主驾车出行。

杨宗远积极响应政府创建文明城市要求，参与城市公共空间专项治理，按照"入地、捆绑、贴墙"的要求，对新建改建扩建的城市道路，同步配套修建电力管沟，对架空线缆实施入地改造；对现存架空线缆，采取隐蔽措施，实行单向归顺，清理、修复各类脏污、破损控制箱、柜，拆除废弃电杆；全面整治沿街楼体、居民小区飞线问题，规范设置电动车集中充电区域，定点拆除废弃管线，归顺整治架空低压线路。

为切实履行配网保供职责，杨宗远要求班组在出现高温红色、橙色预警原则上取消计划停电，确需安排计划停电的，严格履行提级审批程序，最大程度减少停电范围和时长，以降低对民生用电影响。在此基础上，杨宗远综合运用超声波、局放等技术，对重超载设备、重复故障线路及老旧设备开展带电检测，并对所有地下站房电缆入口、防洪防汛措施开展新一轮特巡检查。

针对线路老旧等导致的高损问题，杨宗远开展"党建+配变台区异常治理"，按月梳理形成项目改造储备建议，建立台区线损异常治理典型案例交流机制，组织安全稽查人员相互交流技术问题。

为不断提升青年员工自身技能水平，杨宗远深入开展"青年比武大练兵"活动，大力营造"比学赶超"氛围，有效提高青年员工动手实操能力，其部门青年员工在2021年新沂市电力系统职工技能竞赛中分别荣获个人第一、第六的好成绩。

杨宗远牵头组建"新沂运检"青年志愿服务队，促进青年文明建设不断进步。他始终把保供电服务放在工作中的首要位置，积极组织开展"青春光明行"活动，组织"红马甲"青年志愿服务队深入居民社区、田间地头，以高质量、快节奏的工作作风，在用电设备检修维护、故障抢修、工程施工等工作中为全市电力用户提供优质服务。

心中有许多骄傲的榜样

自从参加工作以来，杨宗远一直在配电运检一线打拼，他把人生最宝贵、精力最旺盛的岁月都交给了人民电力事业。

这些年，杨宗远虽然无愧于事业，却愧对自己的家庭。他的爱人从和他结婚至今都没有正式职业，但他从来没想过托人给找点事做；他的孩子从上幼儿园到小学到初中，他很少接送，更没参加过一次学校组织的家长会；他的父亲近年来多种老年病缠身，平时他也都是电话问候的多、陪伴的时间少。

是杨宗远太看重工作、不顾亲情吗？当然不是。杨宗远对父母、爱人和孩子的亲情，比哪一个好儿子、好丈夫、好父亲都不差。

他说："我之所以这样热爱配电工作，是因为我心里有永远都学不完的榜样，他们恪守'团结一心、奋力拼搏、甘愿奉献、敢于胜利'的'十人桥'精神，促进新沂经济的快速发展，保障新沂城区数万户居民的安全用电。"

每家每户的夜,都是亮亮堂堂的。杨宗远一直在坚守着最初的承诺,践行着点亮万家灯火,追寻着为民服务的幸福生活。

抢修是杨宗远工作的"一半","另一半"则是主动上门服务。为了满足弱势群体的用电需求,杨宗远与弱势群体"结对子"帮扶,建立常态化联络机制,将便民服务卡发放到他们手中,并定期巡检用电设备,排除用电安全隐患。

"老弟啊,你为俺家用电跑了多少路、操了多少心啊。"杨宗远忙活着,听到男主人对他说起感谢的话。

杨宗远笑道:"我本来就是操心的命,一天不跑浑身不舒服。别多想了,保证让你们家用上舒心电。"

岁月匆匆,一晃30年过去了。杨宗远和很多用户都成了朋友,他们闲聊的话题,已经从"电"跑到了"家",从"服务"跑到了"友情"。这,是时间的馈赠,也是人格的雕琢。

各个层级的先进个人、优秀共产党员等荣誉证书整齐地堆放在杨宗远的书柜里,摞了一层又一层。配电运检班的墙上挂满了国网徐州供电公司先进班组、新沂市工人先锋号等荣誉牌匾,时刻激励着员工向上、向善、向前。

"心仪供电,电亮新沂。不停电就是我们最优的服务,这不仅是党和政府对我们的要求,也是新沂电力人的本分。"杨宗远说完,便戴上安全帽,匆匆赶往下一个配网现场。

第十章

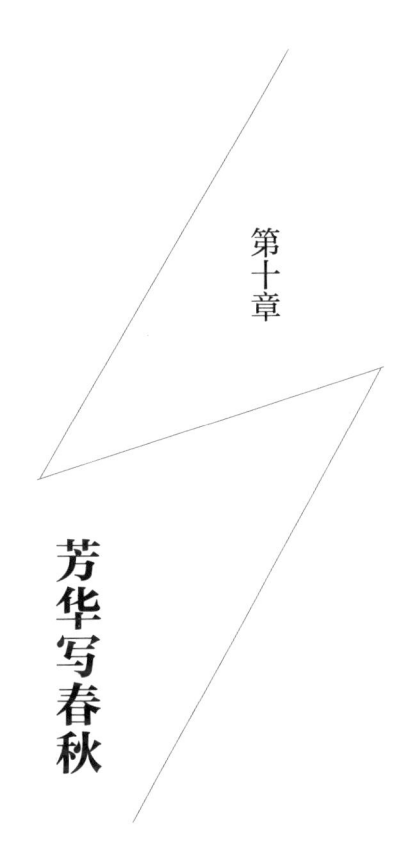

芳华写春秋

1991年9月，14岁的陆莹莹报考徐州电力技工学校。填报专业时，她懵懂茫然：发变电？电测？都是第一次听说。

报什么专业好呢？父亲一锤定音："那就发变电吧，好歹也是个技术工种，将来也能捧上一个铁饭碗。"

陆莹莹是个女娃家，发变电和电测是什么东西？她的嗓音条件一直挺好的，报考艺术专业也不错。她搞不清楚父亲的意图，想反驳，心里却不敢，也找不出任何理由。

就这样，父亲为年少的陆莹莹做出了人生的第一个选择。庆幸的是，这个选择是长大成人后的陆莹莹所喜爱的，甚至是痴迷的。

年龄最小的共产党员

新沂市有电可用是从1958年开始，由新沂发电厂供电。1970

年新沂已发展到乡乡通电,到 70 年代末,城镇居民,使用电视机、收音机、电风扇、电熨斗等,生活用电量急剧增加。

陆莹莹清晰地记得,在她上小学的时候,电冰箱、电饭锅、电热壶、电热褥等已进入城镇普通居民之家,人民生活结构发生了较大的变化。

1994 年 6 月,从徐州电力技工学校毕业的陆莹莹,被分配到新沂市供电局(现为国网新沂市供电公司)用电管理所,做起了电能表校验员。

在这个平凡而又不起眼的岗位上,17 岁的陆莹莹兢兢业业,一丝不苟地做着电表的校验。陆莹莹对电能表校验工作的热爱,到了执着、痴迷的程度。在她眼里,每一块电表都是有灵性的,你喜欢它、爱护它,认真地对待它,它就会很高兴,服服帖帖地接受你的检阅。

电能表校验员、稽查员、客服班长,陆莹莹一步步成长为公司营销部的业务技术骨干。

工作责任心强,对同事特别尊重,是陆莹莹的优点,而陆莹莹的奋进之路,更加可圈可点。

中技学历,成为前进之路中的梗阻,必须尽快搬掉这块"绊脚石",铺设一条康庄大道。年轻的陆莹莹对未来充满憧憬。

1997 年 3 月,陆莹莹参加全国成人高等教育入学统一考试,获得了江苏广播电视大学企业管理专业专科段的函授学习资格。白天,她在营销部繁忙的业务中不知疲倦地工作;夜晚,就在台灯下坚持学习。经过3年的不懈努力，2000年取得大专毕业文凭。

陆莹莹并没有就此停步，而是瞄准了更高的目标，她如愿考入上海电力学院，进行了为期两年的刻苦学习，取得了电力营销专业本科毕业证书和工学学士学位。

2001年11月，24岁的陆莹莹光荣加入中国共产党，是当时新沂供电系统年龄最小的共产党员。

在党组织的关怀培养下，陆莹莹在全面掌握专业知识的基础上，干好本职工作的底气越来越足，逐步形成了勇于创新、争创一流业绩的工作风格。

陆莹莹获得的荣誉证书累积起来有一米多高：江苏省电力公司安全生产和优质服务百问百查知识竞赛决赛中荣获团体三等奖，徐州供电公司优秀共产党员，行为规范专业个人第一、团体第三，客户服务专业团体第二、个人第四，电能表修校技能大赛团体第二，首届廉政文化艺术节"清廉杯"反腐倡廉演讲比赛获三等奖，"业务技术能手"，新沂市首届劳动模范、新沂市供电公司优秀团干部、优秀共产党员、"业务技术能手"和"学习型员工"……

有件事她记忆犹新：

2008年，徐州供电公司举行用电客户受理专业技能竞赛。为了迎战此次竞赛，陆莹莹和爱人商量，把正在上幼儿园的5岁孩子交给年迈的父母。

"既然当初我为你选择了专业，今天我就要支持你的工作，孩子在这里你放心，回去好好准备吧。"父亲的话，引出了陆莹莹的泪水。母亲心疼女儿，却不善言辞，反复说："听你爸爸的，回去安心学习吧。"

陆莹莹立刻投入学习和工作，白天处理繁忙的业务工作，下班后匆匆吃点饭就埋头苦读，硬是将大赛要求基本了解的20多部参考书熟读了一遍。接着，她分门别类、提纲挈领地整理出3万余字的简明复习资料，发给参赛队员。那次竞赛，获得了团体第二、个人第三的好成绩。

在她们团队成员的心里，敢于胜利就是不畏艰难、勇往直前的强劲动力。

擦亮"金牌服务"第一窗口

2007年，陆莹莹担任客户服务中心营业厅班长。

"你用电，我用心"，既是一种对社会的承诺，也是一名电力职工履责所在。陆莹莹深知，提供24小时电力服务的客服中心，是公司对外服务的"第一窗口"，而客服人员接待客户时的对话、表情，对客户的尊重和表述的清晰准确程度，是公司服务形象给客户留下的第一印象。

营业厅的姐妹们与陆莹莹经过一段时间的相处，渐渐地情同手足。她们说，为了擦亮"第一窗口"，为客户提供更高质量、更为满意的服务，陆莹莹带领她们开始了艰苦的"一口清"训练。

她和大家一起熟读熟背《供电营业规则》《供电员工文明服务行为规范》《电力设施保护条例》等与用电服务密切相关的法律法规。

两个月后，10多种业务受理、业务收费项目，各类电力法规知识、城区线路图、各大区产权分界点，无论是客户经常咨询的热点、难点，还是很少咨询到的"冷门"，她和姐妹们都烂熟于心、对答如流。

姐妹们的脸上洋溢着自信的笑容。

铁打的营业厅，流水的营业工。由于员工属于劳务派遣身份，大多数员工缺乏电力专业知识。公司每经过一段时间，都要新招聘一批窗口服务人员。为了保证服务质量，陆莹莹主动放弃休息时间坚持带班，制订了合理的培训计划和学习制度，每天都要连续工作十几个小时，帮助新人熟悉业务。她周到贴心的服务和"对客户要负责到底"的工作精神，深深感染了每一位同事。新招聘的窗口服务人员专业水平很快得到提升，客户服务工作做得有声有色。

营业厅离不开陆莹莹，用电客户也离不开她。陆莹莹对客户那一声声春风化雨般的问候，无数次不厌其烦、耐心细致的解释，将优质服务的真诚传送到客户们的心里，得到了客户的理解、支持和赞扬。陆莹莹倾心打造出的这支高素质的供电服务女子团队，成为徐州供电系统"金牌服务"的典范。

由于常年不知疲倦地奔忙在工作一线，很少注意劳逸结合，不知不觉中，陆莹莹的身体健康出现了状况。

症状是从那次突发的头晕、眼花、视物模糊开始的。当时她认为是连续几天过度劳累所致，伸伸胳膊舒舒腰，锻炼几下，症状就消失了。后来一次比一次严重，发展到脖子僵硬、肩膀酸痛，以前伸臂舒腰的办法不顶用了，才去医院做了检查。

医生告知，她患的是颈椎病。

陆莹莹不敢相信医生的诊断。医生说："这个毛病与你长期劳累、不注意休息有直接关系。对于颈椎病，目前医疗界还没有办法根治，只能通过理疗和中医敷贴等治疗手段来缓解。你平时要注意休息、注意颈部保暖，劳累和受凉是颈椎病的大忌。"

可是一旦忙碌起来，医生的话又被她扔到了脑门后。

为特殊客户送去亲情化服务

陆莹莹的工作业绩，领导和同事们都看在了眼里。2013年4月，陆莹莹升任新沂市供电公司营销部副主任。

岗位变了，人员变了，个人的角色定位也要变。陆莹莹从建设一支政治思想和业务水平过硬的营销服务队伍入手，在公司领导和营销部主要负责人的支持下，按照"深入排查、坚决整改、依法规范、标本兼治"的原则，拟定开展了营业窗口岗前互动"三个三"活动。

第十章 芳华写春秋

这项活动首先在城区营业厅试点。当时不少人认为，新官上任三把火，就凭你一个黄毛丫头，能把营销服务搞成一朵花？

明知山有虎，偏向虎山行，陆莹莹打小就形成了这样的性格，越是遇到很难搞定的事情，她越会像男生那样勇往直前，甚至超越男生。她是对全市供电营业场所的环境卫生、员工服务言行、窗口服务规范、业扩报装管理、供电服务质量以及工作人员职业素养等方面进行梳理，排查出存在的突出问题和"短板"，有的放矢地实施"三查三整、三讲三评、三学三练"的排查、治理机制。一炮打响后，她迅速在辖区16个乡镇营业厅全面实施，使营业厅的硬件环境和软件设施得到全面改善，"门难进、脸难看、话难听"等问题得到彻底改观。

陆莹莹平时不太注意自己的衣着打扮，但是非常注重维护公司的社会形象。她组织开展优质服务活动，经常到社区为弱势群体献爱心、普及安全和科学用电常识。她参与策划了公司"青春光明行""为民服务 争先创优"和"品质苏电 智惠生活"系列活动，走进乡村和社区，为低保、孤寡、留守等特殊客户送去亲情化服务。

五保户李大爷家的开关坏了，独自带着孙女留守的马阿姨家没电了，伤残人王大伯老两口想办理新装用电……她厚厚的工作手记里，密密麻麻地详细记载着市区各居委会共200余位孤寡老人、孤残儿童及留守家庭，留下这些"特殊客户"的联系方式和预约服务时间。凭着这份沉甸甸的特约服务档案，她先后走访服务"特殊客户"，带领青年志愿者主动上门，给他们送去了公司亲情化服务的温暖。

2008奥运年，陆莹莹积极组织开展"阳光电网，你我相连"和"金牌服务迎奥运"优质服务活动，联手居委会向客户宣传国家电网、省市公司的服务理念和服务举措，打造优质服务体系，不断优化客户"一站式"服务流程，丰富了"特约服务""绿色通道服务"内涵。组织"红马甲"和志愿者走进居民社区，设立业务办理、用电咨询台，以现场办公、挨家挨户宣传、发放环保购物袋等方式，指导、引导客户科学节约用电和安全用电，产生了良好的社会影响。

陆莹莹的办公室总是比别人开门早、关灯晚。大家都知道，她改不了经常一个人加班加点的习惯。也正是这些静谧的时刻，她的思绪格外活跃，想象的翅膀展翅飞翔，变成了一个又一个工作创新成果：

她推动定期分析会和日报制度，实行业务定期化分析，及时敏感地抓住客户投诉隐患，临时用电得到有效管控，多表集采建设实现融合跨越，使营销各项指标取得明显的提升；

她主持修订95598非抢修类业务主要职责及相关考核办法，将投诉率减少了32.68%；

她严谨的工单填写、严格规范化的流程管理，大大降低了供电所咨询返单率……

约定好的服务事项不能反悔

你若盛开,蝴蝶自来;你若精彩,天自安排。2016年11月,陆莹莹担任新沂市供电公司营销部主任。

随着新沂市营商环境的信誉越来越高,越来越多的外来企业选择落户新沂。怎样创新优质服务模式,提升优质服务水平,打造供电系统优质服务品牌,为企业提供一流、满意的电力服务,成为陆莹莹任职营销部主任后日夜思索的工作重心。

她从组织对新增的高、低压及居民客户开展业扩工程回访工作做起,针对服务效率、"三指定"行为、"三个十条"等问题进行专项回访,对暴露出的业务流程超期问题提出整改意见,对客户反映的问题或建议逐条认真督办处理,促进了业扩工程服务水平的提高。

为进一步优化营商环境,陆莹莹重视供电部门在服务地方经济建设中充分发挥的职能作用,积极为党委、政府当好参谋助手。她主动对接、了解市重大产业项目电力服务需求,落实专属大客户经理"绿色通道"挂钩服务机制,助力工程项目尽早接电。

在推进解决新沂地区遗留的临时用电带小区工作中,面对没有经验可资借鉴的难题,陆莹莹上网查阅参考资料,完善翔实的第一手资料,多次向公司和政府相关部门汇报,请求调度协调。最终通过政府部门的有力措施,促使长期未缴纳居配费用的难题得以解决,并有效遏制了新增临时用电小区问题。

对于采用临时用电违规上房形成的大量居民入住小区，陆莹莹主动增加巡查频度，提出消除安全用电隐患指导意见，积极配合政府每周定期公示违规转供情况，针对符合自建政策的小区下达居配告知书，并邀请江苏省电力公司"居配办"实地调研查勘、提供技术指导，较好地解决了该类小区遗留问题。《国家电网报》专题报道了她的做法和经验。

新沂市新华宏特种钢项目工程是徐州市"三重一大"重点项目，供电方案为220千伏线路供电，申请容量14.6兆伏安，项目投产后，可具备年产150万吨特种钢的生产能力，将成为徐州地区规模最大的特种钢生产基地。

在新华宏特种钢项目工程申请用电期间，陆莹莹一方面深入勘察、了解客户用电需求，及时向领导汇报，一方面积极协调公司发展建设部和上级公司对口部门，落实做细每一个环节。由于连日劳累过度，她的颈椎病又犯了。想到肩负的"三重一大"工程的供电责任，她咬咬牙硬是坚持了下来。

新华宏特种钢项目办理期间，陆莹莹抓住业务会议等契机，前后10余次赶赴徐州汇报项目建设情况，并多次陪同徐州供电公司专职，协调公司相关部门，主动登门与企业负责人沟通用电需求，征询用电方面的意见和建议，保证了工程按照计划准时送电。

在供电服务工作中，陆莹莹组织修订完善了10余个供电服务文件和考核办法，初步建立起高效、快捷、优质的服务链，科学优化业务流程，强化指标时限和工作质量的实时管控，公司营销服务指标得到有效提升。

工作太投入，不知不觉就忘记了时间；工作太忘我，再强壮的身板也可能受到侵扰。2018年8月的一天，陆莹莹回到家已是晚间10点多，她感到眩晕难受，一口饭都没吃就休息了。

夜里，她爱人听到"咕咚"一声，赶紧起床来看，发现她晕倒在了饮水机旁边。原来，陆莹莹感觉口渴，起床想倒杯水，刚走到客厅，就支撑不住了。第二天，爱人劝她向单位请假，去医院检查一下，不然放心不下。她对爱人抱歉地笑笑，柔声说："天亮后我要陪同客户去徐州协调沟通用电项目事宜，早就约定好的，我怎么能反悔啊，坚持一下，没事的。"

爱人知道陆莹莹的脾气性格，不再劝说，只好看着陆莹莹戴着护颈枕，梗着脖子走出家门。

多岗位锻炼丰富了工作阅历

不经历非常之事，难以成非常之才。多岗位锻炼有利于丰富工作阅历，助力干部全面成长。2019年4月，陆莹莹转任调控中心主任，全面负责调控中心工作。

俗话说："师傅领进门，修行在个人。"公司提供了施展才华的舞台，是组织给予干部丰富阅历的机会，能否真正得到锻炼还要看个人的认知水平和践行力度。在公司分管领导的支持下，陆莹莹对调控中心的工作大胆探索，进行创新改革，正所谓百炼成钢，越是艰苦的地方越能锻炼人。

"从营销管理转岗到电网调度，这个弯转得似乎有点猛，又似乎司空见惯。"那几年，不仅仅是陆莹莹，还有许多人都是跨专业人员流动。她充分利用营销专业优势，谋划完善电网预控措施，制订《2019年度新沂电网运行方式》和《新沂电网2019年自动按频率减负荷分配方案》，建立互备应急机制，并明确第一备用和第二备用的联系方式及通讯台账，制订了一系列事故应急措施，实施电网运行预警制度，化解电网运行风险。在电网出现特殊运行方式前及时发布电网预警调度通知书，变事后控制为事前预防，有效降低了特殊运行方式下电网事故的发生。"虽然专业技术不同，但是管理方式大同小异。"陆莹莹对未来充满自信。

为了避免发生"外行领导内行"，陆莹莹充分尊重班子里的"老调度"，并虚心向他们学习，很快就实现了电网调控工作规范化。一是调控运行更加规范。一班人科学制订调度操作方案和事故预案，与供电所值班人员配合处理线路故障，坚守"三查、三问、三确认"原则，做到申请、调令三班轮查，检修操作步步核实，规避潜在风险，把牢调度安全关。二是常态化监控更加规范。值班人员每班必巡、每巡必记，实时关注变电站及所有出线有功、无功、电流、电压等各项指标，杜绝自动化设备长期死机状况，确保数据在控。三是沟通协调更加规范。合理安排运行方式，及时切转重载主变及线路，核实手拉手线路开关，拓宽电网供需渠道，缓解供电压力，奠定了电网平稳度夏的坚实基础。四是深化智能配网调控系统应用，做实做细配网线路开关"三遥"信息核对，持续开展电网接线图更新工作，配合巡线人员缩短巡线范围。

经过一段时间的工作，她发现配网抢修模式和抢修流程还有许多优化的空间。陆莹莹依托智能化指挥平台，基于实体化的配网抢修指挥机构，完善停送电信息报送、抢修工单接派等工作流程，提升配电设备监测、配网运营管理分析、配网运维指标管控能力，促进配电运营管控、客户服务指挥、服务质量监督等业务集中管理与高效运转。

调度控制融入公司强网工程，推进电网高质量发展是一个崭新的课题，陆莹莹曾经为此深深地苦恼过，甚至一度产生放弃的情绪。经过多轮的研究探讨，终于找到一条路径：为调控专业、运检专业提供数据支撑以及决策辅助分析，打造调度和运检融合的高效客户服务机制，整合多专业指挥资源，促进专业协同和业务融合。为此，他们一道打造特色展示系统，充分利用信息技术，集成停电、抢修、监测等多项功能，及时掌握各项数据，助推日常工作质量和效率全面提升，充分发挥配抢指挥班在信息发布、接报抢修、停电公告、沟通客户方面的重要作用。

在调控中心工作以来，陆莹莹还总结提炼了电网调控管理的"四个一"工程标准，省市公司领导和专家检查和考察调研时，专门听取了调控部门的专业汇报。在2019年度"先进县调流动红旗"评比中，调控中心以小组第一名的成绩，荣获江苏省电力公司"先进县调流动红旗"。

把大爱和责任融入新沂大地

2021年5月，陆莹莹任新沂茂源实业发展有限公司党总支书记、副总经理。

茂源实业发展有限公司是国网新沂市供电公司下属的省管产业单位，主要承接220千伏及以下变电、线路工程施工，用户接入及居配工程，新能源技术开发、综合能源服务、设备代维、配网自动化技术改造，电子与智能化工程等建设与管理业务。近年来，立足于"服务电网发展、服务公司发展"基本定位，积极承接"四个转型"战略落地，聚焦核心业务和能力建设，全力以赴扩展外部市场，积极开拓新兴业务，主动破解提质聚能的密码，走出一条卓越发展之路。

陆莹莹到任后接下的第一项任务，就是具体负责新凤鸣集团新沂产业基地项目电力建设的协调和服务。

新凤鸣集团新沂产业基地项目落户新沂市经济开发区，总占地面积233公顷、总投资280亿元，是一家集PTA、聚酯新材料和加弹、进出口贸易为一体的企业。通过引进国际先进设备，采用国际先进的大容量、柔性化聚合工艺技术，形成年产270万吨聚酯材料生产能力。项目全部建成达产后，将实现年销售收入300

亿元、纳税7.5亿元，成为新凤鸣集团"两个1000万吨"重要产业基地。

按照项目电力建设进度计划，新凤鸣集团新沂基地新建35千伏变电站1座，新建角钢塔41基、钢管塔45基，新建220千伏同塔东线、西线两条双回线路19.54千米。

新凤鸣集团新沂产业基地旗下的热电联产项目——110千伏送出工程，是新凤鸣热电上网联络线路，总计投资1983万元。

陆莹莹充分发挥"十人桥"共产党员服务队主力队员的作用，深入贯彻落实徐州和新沂市委、市政府"争分夺秒、早日投产"的工作部署，严格按照"质量先行铸精品工程、以人为本构和谐环境、科技创新建智能电网"的创优要求，全力做好协调服务工作。

新凤鸣热电联产项目110千伏送出线路工程，物资需求时间紧、量大、点多、面广，保障难度相当大。为加快推进进度，物资中标结果出来后，陆莹莹主动协调发展建设部门，及时与上级公司物资部联系，在敦促厂家尽快生产的同时，派专人进驻设备制造厂家进行厂检，确保物资提前供货。

受疫情及恶劣天气等外部因素影响，针对工程项目进度较原计划可能出现滞后的问题，陆莹莹联合相关部门进一步细化分解任务安排，严格按照基建工程"四个标准化"要求，组织在建工程对照梳理排查，科学排定关键节点，做实计划关键路径。按照地方政府防疫工作要求，刚性执行复工基本条件，抓实返场人员疫情防控工作，各级、各岗位人员到岗到位，确保施工现场组织措施、技术措施正确完备，人员精神状态良好、工作监护严格到位。

截至 2022 年 8 月初，新凤鸣热电联产项目工程完成 20 基杆塔、3.3 公里线路的施工，按照计划提前两个月完成了工程建设任务。8 月 27 日，XCD01/02 装置一期年产 30 万吨绿色功能性短纤维项目投产运行。

"项目从落地到开工仅用 4 个月，从开工到投产仅用 16 个月。"新凤鸣集团董事长、总裁庄耀中说，"供电部门实行重大项目企业服务专班，特别是陆莹莹同志在工程建设中奔波劳碌、呕心沥血，做了大量艰苦细致的协调服务工作，功不可没。"

陆莹莹从 17 岁参加工作，无论是当一个普通的电能表校验员，还是后来走上中层管理岗位，她都在忘我的奋斗中绽放青春的力量。

把人生最美好的芳华写进春秋岁月里，把青春和理想献给新沂电力事业，把爱和责任融入万家灯火。

第十一章 三代人的电业情缘

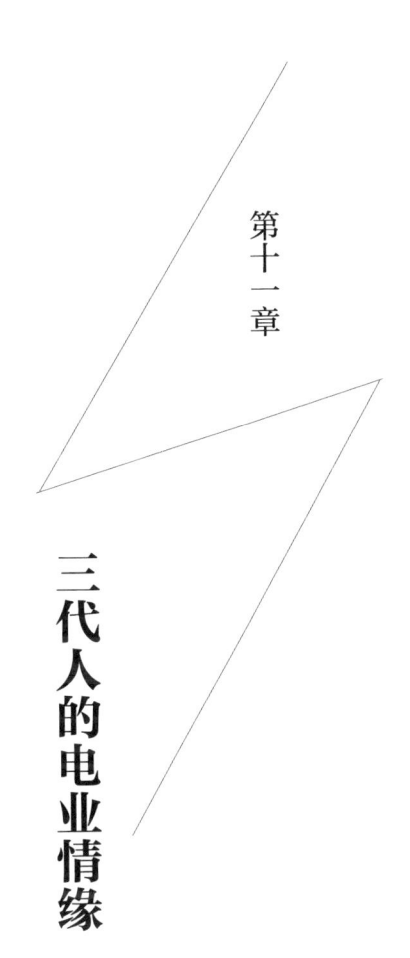

鲁志明、鲁经天、鲁鑫，三代人在徐州大地上写下了电业情缘。2019年，鲁鑫加入中国共产党，实现了祖父和父亲"一家三代都要争取成为共产党员"的夙愿。

抢险归来，鲁鑫彻夜难眠，在台灯下写了一篇感想——

那年8月的一天，伴着早晨清脆的鸟鸣，我降生。安全帽、望远镜、螺丝帽、绝缘子，是我儿时玩具箱中最美的风景。记得我上小学的时候，从来都是妈妈送我上学，很难看到父亲的身影。

参加高考那天，走出考场时，所有的同学都被他们的家人团团围住，关切的声音不绝于耳，而我却孤身一人踽踽独行。我漫无目的地游转到学校的后墙——原来，父亲在这里！变压器下、保电车旁，父亲脸上的汗水止不住地流，衬衣都湿透了。父亲看到我，意外得一时有点发愣，嗫嚅着嘴唇，带着歉意地对我说：

"爸爸离不开这儿，没能去校门口等你……"

泪水溢满了我的双眼。刚才对父亲的那一丝埋怨，瞬间化作难言的内疚。

厚厚的工作服，是我最美的行头，一年又一年，从春夏穿到秋冬；硬硬的安全帽，是我最亲密的伙伴，一天又一天，相看两衷情。万里江山，无数座铁塔就是无数个默默奉献的电力员工。我愿化成一座直刺云天的铁塔，用钢筋铁骨的身躯，擎起万千条线路；我愿变成一根银线，为千家万户送去光明；我愿成为一只小小的灯管，用我发出的光照亮每一个家庭……

第一代：用电设备检修专家

精瘦白皙的骨架，操着浓重的洪泽乡音；一双矍铄的眼睛前，架着一副金边眼镜；说起话来像机关枪，走起路来似一阵风。

这就是大家眼中的鲁志明。

鲁志明于 1934 年 12 月 15 日出生在江苏省洪泽县。抗日战争胜利后，入清江市石码头小学读书，1952 年 7 月考入淮阴中学读初中，1955 年 6 月毕业，到淮阴县小学当教师。1956 年 7 月，以优异成绩被宿迁中学录取。宿迁中学创建于 1927 年，1953 年定名为"江苏省宿迁中学"，是闻名全省的县级普通高中，当时周边方圆百余公里的学子都以能考上这所学校为荣耀。

这就是鲁志明早期的人生经历。

1959 年 6 月，鲁志明从宿迁中学高中毕业了。那时，他面临两个选择：一是洪泽县教育部门的领导亲自登门，欢迎他回家乡任教；二是学校领导和他谈话，殷切希望他留校从事教学工作，等有了机会送他到高等学府深造。

对于还不到 25 岁的鲁志明来说，这两个选择任选其一，都是前途无量的。但是，鲁志明有自己的看法。

洪泽县乃至整个苏北的贫穷落后，和电有关——用电奇缺、电力设施落后、电力人才匮乏。都解放快 10 年了，洪泽县城乡每到晚上还是一片黑灯瞎火，普通百姓家里能用上电，尚在遥遥无期的梦想中。

鲁志明找到并认准了自己的人生方向。他既没有回家乡洪泽县任教，也没有留在宿迁中学。

1959 年 7 月，鲁志明考取了南京电力专科学校电力与机械专业。3 年后毕业，被分配到徐州电业局（现为国网徐州供电公司）工作。

20 世纪 60 年代初的知识分子，是国家经济建设的栋梁，是用人单位争夺的对象。从省城电力专科学校毕业的鲁志明，初到徐州电业局，局领导便决定把他留在局机关工作。

鲁志明说："请领导让我去基层吧，我要通过自己的努力，亲眼看到农村用电条件的改变。"

1962 年 8 月到 1983 年 9 月，鲁志明先后在徐塘电厂、韩庄电厂、大屯电厂、茅村变电站等单位从事设备检修工作，被同事们誉为"用电设备检修专家"。在这二十多年的漫长岁月里，徐州电业局领导曾几次要调他回局里工作,他硬是"赖"在基层不走。

鲁志明不以用电设备检修业务的"技术权威"而自居,他把自己当成普通百姓,在任何场合都能吃苦、不怕累。

1976年盛夏的一天,鲁志明在农村生产一线负责协助使用水泵抽水灌溉农田,水泵突然发生故障,无法正常抽水。烈日当头,酷暑难耐,庄稼被高温炙烤得打蔫儿了,急需浇水。鲁志明与同事们一起紧急查找故障原因,发现是管道堵塞了。鲁志明二话没说就跳进满是脏污的沟渠中疏通管道,把腐烂的杂草、废物一抱一抱地从水中捞上来。其他同事见状,也纷纷跳进沟渠。管道清理干净了,水泵又欢快地转了起来。

1976年9月,鲁志明光荣加入党组织。

1983年12月,鲁志明调任新沂县供电局(现为国网新沂市供电公司)副局长。当年参加了110千伏纪集变电站的建设,他吃住在工地,一连两个多月。工程竣工后,他又先后被安排到220千伏平墩变电站、35千伏时集变电站工作。1985年9月,鲁志明改任主任工程师。

鲁志明在电力战线整整拼搏了30年,由基层的一名普通职工,到技术员、工程师、新沂供电局总工程师,直到1992年退休。他的爱人卜春艳,是一位纯朴、贤惠的农村妇女,和他结婚几十年无职无业,鲁志明档案简历的爱人身份一栏,填的是"群众"两个字。

一次,宿迁中学老同学聚会,有人问鲁志明:"如果当初不去考南京电力专科学校,你会一辈子都在基层吗?现在后悔了吧?"

鲁志明摇摇头："不后悔。如果时光重回，我还会毫不犹豫地选定这条路，为人民大众服务一辈子。"

鲁志明不仅自己为电力事业奋斗一生，在那个"邮电局送信、供电局爬杆子"的年代，还把自己的儿子也拉进了这支队伍。

第二代：不能让别人在背后戳脊梁骨

1962年10月，鲁志明的儿子鲁经天出生，那时鲁志明到徐州电业局工作已经两个月。

鲁志明非常高兴，却又时时感觉对不起妻子和孩子。那时，他们的家远在200多公里外的洪泽县农村。来回一趟需要一天的时间，中间还要中转三四次车。

在鲁经天童年的记忆中，父亲是模糊的，甚至有些生疏，因为父亲一年最多回家两三次，每次都是行色匆匆，远不如母亲卜春艳对他关心爱护。从小学到初中，母亲不让鲁经天多干农活，也不让他一放学就去割草、剁猪菜，一再督促他安心学习。

鲁经天于洪泽县中学毕业后，1978年12月入伍中国人民解放军88710部队。在部队5年的锤炼，铸就了他坚忍不拔、吃苦耐劳的品格。1984年1月退伍时，父亲鲁志明已在新沂工作，全家搬到了新沂，他被分配在新沂县乳品公司车间当工人。

1985年1月，新沂县供电局向社会招收几名退伍军人。当时，县化肥厂也在同时招工，一些人认为供电局就是爬杆子的，从事电力活儿非常危险，整天在外面风吹日晒出苦力，每月的收入与厂矿企业相比差了一大截。况且化肥是紧俏物资，做电力活儿远不如到化肥厂当工人轻松。呼啦一下，不少人都选择了去化肥厂。

招工人数存在缺口，主要领导心急如焚。得知鲁志明的儿子鲁经天退伍后被分配到新沂县乳品公司，他多次找鲁志明谈话，只要鲁经天愿意过来，所有的手续由他亲自来跑。

鲁经天不愿意调过来。一是他刚刚成长为企业的技术骨干，也与同班组的兄弟姐妹们相处融洽，真的舍不得离开。二是他当时的工资收入，是供电局同工龄人员的两倍多，经济损失太大了。第三个原因，也是最重要的一个原因，他的父亲是单位领导，他不想因为自己的调动，让别人在背后戳脊梁骨，闲言碎语。

鲁志明与儿子鲁经天彻夜长谈，两人谈到了国家、家事、企业事。"经天啊，你成长在七十年代，当年新沂的电网建设非常落后。企业要发展，也需要大量的人才。"鲁志明讲他从上学到参加工作，从徐州到新沂的工作经历，讲述的时候非常激动，有时候还要停顿一下，希望他能够调到供电局工作，为电力事业作贡献。

看着逐渐苍老的父亲，鲁经天含着热泪答应了——成为鲁家第二代电业人。

1985年9月，鲁经天被选送徐州电力技工学校脱产进修学习。1988年7月毕业后，他任新沂县供电局用电管理所稽查班稽查抄收员。

第十一章 三代人的电业情缘

1995年，鲁经天负责城区电力故障抢修工作。

一天夜里，鲁经天的儿子鲁鑫突然发了高烧，他的爱人徐方雪打来电话，让他赶紧送孩子去医院打吊针。鲁经天刚刚放下徐方雪的电话，报修电话就打了进来：新沂市政府招待所变压器发生故障，造成全所停电，需要立刻进行抢修。他给徐方雪打电话告诉她这边的情况，然后立即赶去市政府招待所。经过近一个小时的抢修，故障排除了，市政府招待所恢复了供电。鲁经天赶到医院时，孩子鲁鑫正在输液，高烧已经退了。

2002年9月，鲁经天考入江苏电力职工大学电气专业，2005年7月毕业。2005年12月加入党组织。2006年10月在新沂市供电公司营销部任抄收工。2011年5月在新沂市供电公司客户服务中心任抄表催费员。

到2022年，鲁经天已经在国网新沂市供电公司工作了37年，从年轻力壮到即将步入老年，岁月给他留下了黝黑的面庞、霜染的白发和手上硬硬的老茧。37年来，他无怨无悔地在基层岗位做一名普通员工，每天都在从事着平凡得不能再平凡的工作，时时感受着只有普通员工才能体会到的价值感、归属感和幸福感。

鲁经天也明白和理解了他小的时候，父亲为何一年才回洪泽县老家两三次，为何顾不上关心他的学习和成长。这么多年，他不也是一心只想着工作，顾不上关心自己的孩子吗？能够培养儿子鲁鑫成为第三代电业人，成为鲁经天心中的梦想。

鲁经天说："当我从部队回来，在新的岗位上一切从头开始，看到自己一双握惯钢枪的手能熟练地操作设备、检修线路的时候，我有着多么惬意的成就感！当我每次参加保电工作，尤其是参与中、高考保电，看到考生们从考场走出时脸上洋溢着的笑容，他们的笑容多像我自己孩子脸上的笑容啊——那时，我心里的感觉是那么甜蜜，对所从事的工作又是多么自豪啊！"

2022年10月20日，是鲁经天正式退休的日子，公司为他举办了荣休仪式。当鲁经天双手接过鲜花那一刻，他的两腮不停地战栗，双目溢满了泪液，久久地说不出话来。

第三代：传承的不仅是技术，还有家风

鲁鑫出生于1990年8月。他的早期教育和成长环境跟别人家不一样，传承的不仅是简单的电工技术，还有诚信朴实的家风。

很小的时候，祖父或者父亲每次带他出门，总会指着路边的电网说："你看，那叫电线杆，那叫避雷器，那个像巨人一样顶天立地的灰家伙，叫铁塔……"

在家里时，祖父和父亲也会如数家珍、不厌其烦地向他介绍，这是螺丝刀，这是钳子，那是扳手；这个弯弯的带牙齿的叫"脚扣"，套上它，就可以爬到高高的电线杆上去了。

鲁鑫刚记事时，满眼、满脑子都是这些工器具，从那时起他就对它们的性能有了直观的认知。

第十一章 三代人的电业情缘

后来上小学，他放学或者放假在家里的时候，祖父和父亲经常是不在家的，有时好多天都见不到他们的影儿。妈妈的解释千篇一律："他们在加班"，或者说"他们单位太忙"。起初鲁鑫总是不能理解，觉得休息在家的时候没有人陪他玩。后来才慢慢地了解到，原来祖父和父亲从事的工作是要对社会负责任的，是要保障千家万户正常用电的。哪里有故障，不论几时几分，他们都得随时出现在哪里，哪来的空闲时间陪他玩啊。

从那开始，鲁鑫不但不埋怨祖父和父亲，反而对他们产生了崇拜之情，写作文时也会有意无意地提及他们，很骄傲地炫耀他们所从事的职业。

现在看来，鲁鑫选择供电，成为鲁家第三代电业人，应该是在他很小的时候就有这个预示了。

2009年高考前，鲁鑫和父亲鲁经天去祖父家看望。那段时间鲁志明身体不太好，雪白的头发、瘦削的身躯，桌子上的药盒、手边的药片，到处都是与病魔斗争的痕迹，但是他握着孙子的手很有力："孩子，你已经长大了，考上大学之后的路靠你自己去选择，不过你要记住，无论学习什么专业、毕业后从事什么工作，都要认真、负责，领导和同事们肯定你的工作成绩、老百姓认可你，这才是最重要的。"

鲁鑫转脸看看父亲，猛然间发现，父亲的两鬓也有了许多白发，额头和眼角已出现很多皱纹。

鲁鑫的心里一阵酸楚。

正是祖父和父亲，从小教导他认识什么是电线杆、什么是螺丝刀，也在教育他如何做人、做事，要做一个对社会有用的人。鲁鑫也多次在心里默默地立志：我一定会成为鲁家第三代电业人！

高考分数公布后，鲁鑫坚定地填报了徐州工程学院电力系统及其自动化专业，2013年6月本科毕业并获工学学士学位。

大学毕业后，鲁鑫参加国家电网公司统一考试，被录取分配到徐州三新供电服务公司新沂分公司。

在穿上米黄色的工作服那一刻，祖父亲手为他戴上安全帽，整理他的衣领，扣好衣扣，像部队首长之于刚入伍的新兵。一种庄严的激动之情在他的全身奔涌。鲁鑫挺直了腰板，端正地举起右手，对祖父敬礼：

"鲁家第三代电业传人向您报到！孙儿一定永远记住爷爷的教诲，做一个时时想着百姓的平凡电业人。"

这是向一代老电业人的敬礼，向一批电网老战士的敬礼，向一名无私奉献共产党人的敬礼，这也是向矢志不渝精神的敬礼！

祖父欣慰的笑容里分明含着泪花。

祖父这一生，留给鲁鑫的最珍贵的精神财富就是：甘于平凡。作为电业人，祖父和父亲都是平凡的，又是人民所需要的。正是他们的平凡，在引领和不断校正着他的人生观，是他一生的楷模、榜样。

沿着祖父和父亲的足印，鲁鑫在岗位上踏实、勤奋地工作，2014年4月，从新安供电所调到合沟供电所做营业工；2018年9

月,在草桥供电所当营销员;2019年12月加入党组织,实现了祖父和父亲"一家三代都要争取成为共产党员"的夙愿;2020年年初,成为"十人桥"共产党员服务队队员;2020年6月,当上了徐州三新供电服务有限公司新沂分公司工程技术中心的工程预决算员。

2021年6月28日上午,新沂地区遭遇雷电、冰雹、暴雨、10级以上大风的强对流天气,超强台风横扫新沂境内多个乡镇。

灾情就是命令。鲁鑫拿起工具材料,穿上鲜艳的红马甲,加入线路抢修战斗中。"十人桥"共产党员服务队的队旗飘扬在线路抢修现场。经过14个小时的奋战,电网终于恢复了正常。

三代人,不忘初心,信仰筑牢电网梦。

三代人,牢记使命,坚守本色电网人。

三代人,踔厉奋进,代代传承电网情。

第十二章

离英雄最近的人

窑湾古镇景区位于京杭大运河与骆马湖交汇处，距今已有1300多年历史。

"夜猫子集"是窑湾古镇一个闻名遐迩的民俗。游客们云集窑湾，乘游船，品美食，尽情欣赏3D楼体灯光秀、码头水上演出等节目。游客喜爱这里，窑湾船菜馆也跟着火爆起来。

"夜猫子集"首日活动那天，"十人桥"共产党员服务队队员全程在场，为活动提供安全用电保障。此前，他们还不失时机地进行电气化改造，把景区内美食街、农家乐等40余家餐饮场所都纳入全电厨房的改造行列。

如今，窑湾古镇每天都吸引着四面八方的游客来这里观光、游玩。特色独具的窑湾船菜，4A级景区内古色古香的优雅环境，让游客心旷神怡、流连忘返……

电网强：临时支部筑牢"红色堡垒"

"工程建设到哪里，支部工作就覆盖到哪里；党员走到哪里，组织生活就跟进到哪里。"2021年8月，国网徐州供电公司新沂110千伏坡桥输变电工程开工建设。

与以往的变电站建设有所不同，它是通过源网荷储一体化等具体模式，拓展变电站基础平台作用，集储能站、充电站、5G基站、屋顶光伏、无人值守营业厅于一体，具备光伏发电、储能、新能源车充换电、5G数据中心共享共建等综合能源功能，实现"多站合一"。

由于作业面交叉施工多，参建人员来自多个单位，该项工程成了多个参建队伍各展风采的一次"大会战"。会战打响之前，国网徐州供电公司党委加强了党的建设：整合各参建方党组织，成立"电网建设第四临时党支部"，实行建管单位党委统一领导，施工、设计、监理项目部党员和其他参建队伍流动党员统一管理。

一个支部就是一个战斗堡垒，输变电工程建设现场就是党员的战场，容不得半点"临时"思想。

临时党支部充分发挥"把支部建在一线、建在连上"的优良传统，以党建统领全盘工作，实行"党建＋现场"工作模式，把党组织的战斗堡垒和党员先锋模范筑牢在工程建设的最前沿。通过推进基建工程质量、进度、安全、创新方面的全面提升，实现党的建设与工程建设相互融合同频共振。

输变电工程建设战线长，工作环境复杂，到底该怎么办？

办法都是人想出来的，人的因素最关键。

他们给大家立下了规矩，落实各项目部管理职责，提高现场施工人员安全意识，细化施工现场消防安全措施，抓好疫情防控下物资供应及工程建设工作。

临时党支部特派员每日调度现场，了解现场当日作业内容、人员情况及第二天作业计划，联合现场监理全程做好现场施工的旁站监理，严把人员、材料及机械入场关，做到"敢管、能管、会管"，激发参建人员安全生产自觉性及积极性，形成群治群安、久治久安的安全防控局面。

党员是工程建设过程中的中坚力量。临时党支部将现场作业归类为高空作业、深基坑等工作场景，制作了安全检查管控卡及施工质量二维码，通过现场直观性学习、菜单式检查、程序化履责，有效提升建设质效。

临时党支部组建了"党工双建"联合项目管理小组，党支部每个党员都是现场技术骨干，他们协同项目经理开展施工现场各个环节的步骤审核验收工作，切实履行国网徐州供电公司基建管理扁平化沟通交流机制，保证了党建和生产的有效对接，提升了项目管理各层级的穿透力。

实行区域自治，划分党员安全责任区，围绕施工中的难点问题讨论解决方案。

他们积极与上级部门保持沟通，深入现场靠前指挥，与监理项目部、施工项目部一起研究优化施工方案，实施日报告、周例会制度，切实解决项目推进中的难点问题。

"四位一体"工程建设管理体系，是临时党支部工作亮点之一。他们充分发挥"党建引领、规划先行、建设支撑、物资保障"的"四位一体"工程建设管理体系优势，将建设任务细化至28项具体流程，结合颗粒度履职、远程视频监控等措施，将进度管控深入基层，时刻保持最小控制单元的进度可控。

他们还组建了党员攻关团队，组织讨论如何提升施工精细度，以党建创新推动工作创优，切实做好"五抓五促"工作落实，围绕省、市公司双碳目标和新型电力系统建设要求，打造坡桥输变电综合能源示范样板工程，全面推广基建"现代智能建造"落地应用。

每一度电都自带光芒，每一个人都充满阳光。

"以前一直以为党员只要加强政治学习，积极参加组织活动就算合格了，没有认真思考过如何将理想信念和具体工作联系起来。作为一名生产一线的共产党员，切实做好本职工作，守好电网安全防线，就是对党最好的报答。"他们说。

生态美：让天更蓝、山更绿、水更清

绿水青山就是金山银山。

骆马湖是江苏省第四大淡水湖，作为徐州市、宿迁市及周边

4个县级市的重要水源地之一，关系着数百万市民的饮水安全。过去几十年里，由于圈圩围垦等问题，骆马湖蓄水能力下降、水质退化，影响了防洪、生态等功能的正常发挥。

新沂市在全面抓好禁采、整治湖区"两违三乱"工作的基础上，全面启动骆马湖退圩还湖生态修复工程。修复施工到哪里，电就送到哪里。

两年多来，累计清退湖区3.8万亩围网、网箱，清退湖区5.3万亩圈圩，恢复骆马湖自由水面4.5万亩，增加有效防洪库容约1.1亿立方米，恢复供水调蓄库容约0.77亿立方米。

如今的骆马湖，碧波荡漾，风光迷人，一群群白鹭在湖面自由自在地展翅翱翔，如同"落霞与孤鹜齐飞，秋水共长天一色"的景色。

新沂市窑湾镇刘宅村水产养殖户孟旭喜悦万千。

退圩还湖取缔了孟旭家的围栏养殖，他转变思路学习了闸槽有机鱼养殖，通过使用增氧机、投料机等电气化设备，将传统的开放式散养，改为岸上循环流水圈养，养出来的鱼类品质大大提升了，收入也大幅增长。

闸槽养殖对增氧要求较高，为满足养殖户发展新型养殖需求，窑湾供电所"十人桥"共产党员服务队员及时对相关线路升级改造，建设中低压线路近6公里，新增变压器4台，养殖户们纷纷引入电气化设备，养殖规模越来越大。

"退圩还湖后，环境更美了，上岸渔民逐步走上了致富路。"

窑湾镇刘宅村党支部书记姚峰说，目前村里已有30多户养殖户从事岸上闸槽养殖，带动200多人就业，村民年收入可增加300万元。

2021年年初，窑湾古镇景区负责人策划"夜猫子集"活动时，在是否选用电动船、船靠岸后如何充电等问题上犯了难，遂求助国网新沂市供电公司。

"十人桥"共产党员服务队组成综合能源工作团队专程来到窑湾码头，勘察岸电接入环境，计划从10千伏窑湾大街1号变敷设200米电缆，将电源送到码头边。施工中，他们加强自岸电申请至竣工投用全过程管控，大大缩短了施工周期，保证了活动按计划准时举办。

随着窑湾古镇"夜猫子集"文化活动的开展，"十人桥"共产党员服务队为船菜馆完成了电气化改造，灶台干净整洁、电器操作方便，全电厨房炒菜火力旺、油烟少，无明火烹饪既安全又节能。景区内40余家餐饮场所的全电厨房改造项目的完成，加快了零碳景区建设。

产业兴：加速构建新发展格局

2022年7月28日，徐州市委书记宋乐伟、市长王剑锋带队赴新沂市观摩，了解重大产业项目推进情况。

第十二章 离英雄最近的人

经济发展，离不开电。服务地方重大项目建设，是履行央企责任、彰显央企脊梁作用的重要内容。

2021年4月，总投资280亿元的新凤鸣集团新沂产业项目开工。该项目在办理用电申请时，希望在2023年4月前用上电并全部达产。国网新沂市供电公司营销部主任闫怀娇接待项目经理时，根据项目用电需求和投资实际，决定专门成立专项工作团队，在2021年5月开工建设前，全程帮办内外部手续20余项，协助开展通道设计和设备选型，为企业节省成本近1亿元。

施工中，"十人桥"共产党员服务队联合专家团队来到220千伏平拓线、平凤线上跨35千伏平瓦Ⅰ／Ⅱ线的工作现场，协助施工单位开展跨越点作业推演、部署管控区域和风险控制措施，确保现场安全措施布置正确、作业人员明晰责任分工，保证了该处跨越点施工的安全有序开展。

新沂项目建设如火如荼：科隆新能源一期6万吨项目已全面开工建设；中新钢铁特钢板材3号、4号高炉及转炉、轧钢等全面投产；星诺原材料、华南一号供应链、水性超纤PU革及研究院、福明光伏组件、艾德锐电子数码、和勤锂电池、盛晶智能终端模组等项目实现投产运行……项目加速建设及投产的背后，折射出项目服务的"供电温度"。

中清集团新沂新能源制造基地，是新沂市政府2021年引进的又一个重大项目。该项目总投资79亿元，主要生产高功率光伏组件、新型光伏电池及配套储能、充电桩等设备。中清集团新沂新能源制造基地向国网新沂市供电公司提出，根据项目实施进度要求及达产达效计划，变电站需在2022年7月底前投运。

"十人桥"共产党员服务队多次主动上门，帮助中清集团分析了实际情况和面临的问题："如果采用传统的开放式变电站模式，在建设过程中，施工人员需要花费大量时间完成基础开挖、混凝土浇筑等前期工作，待设备到场后，再进行电缆敷设、组装调试，既耗时又耗力。建议建设装配式变电站，所有的开关柜、一二次设备均在工厂制作完成，封装在性能优良的钢结构舱体中，可直接运送到现场吊装和调试。较传统变电站，其优势是缩短了建设周期。"

建议得到中清集团的认可。

随后，国网新沂市供电公司成立服务专班，勘查现场，协助中清集团做好全站舱体的模块化设计工作，并及时对接设备厂商，为设备选型、布局和调试提供技术指导，助力项目尽快投产。开工建设以来，110千伏中清光伏装配式变电站各舱体陆续到场。

2022年7月24日，全站设备调试完成，新沂市首座110千伏装配式变电站送电成功，比传统开放式变电站节省了两个多月时间。

百姓富：因地制宜打造特色田园乡村

"治国之道，富民为始。"如果把发展历程浓缩成一首壮丽的诗篇，"百姓富"必然是其中秉轴持钧、意蕴深厚的"诗眼"。

第十二章　离英雄最近的人

"安居"是百姓对美好生活的不懈追求，而"乐业"则是美好生活的前提和保障。

新沂市新店镇窑连村属于丘陵山区地带，主要以种植小麦、玉米、红薯为主，虽然说摘去了贫困的帽子，但是仍然属于徐州市级经济薄弱村。

2022年上半年，窑连村使用上级扶贫资金140万元，在山坡上建成占地660亩的碧根果产业园，栽植波尼、威奇塔等品种碧根果4800多棵，平均每亩仅栽植8棵树苗，树下套种玉米、大豆等农作物。

"老百姓靠天吃饭，遇上不好的年头，可能颗粒不收。"由于山区干旱少雨，建好的13眼机井远离电源点，因为没有电也只能成为摆设。

牵牛要牵牛鼻子，要使村民脱贫，必须抓住关键问题。"电，只要山上通上了电，就可以大水灌溉庄稼，土疙瘩里也会长出金饭碗。"

接到碧根果产业园项目用电申请后，"十人桥"共产党员服务队员迅速到现场进行勘察，科学制订供电方案，协调相关部门开辟绿色通道，很快就让山上通上了电，13眼硕大的机井全部出水，"哗哗"地流进干涸的土地。

老范村的耕地世世代代种植的都是旱作物，转型为大面积栽植水蜜桃，需要水泵抽水浇灌，通上电是首先必须解决的问题。国网新沂市供电公司根据老范村转型发展情况，结合农网升级改造计划，针对性增设电源点、架设电力线路，安装了100千伏安变压器，将电送到农户的田间地头，为水蜜桃种植提供了充足的电力保障。

100多户村民家庭成为"种桃专业户"，全村水蜜桃种植面积达到1.2万亩……新沂市高流镇老范村是远近有名的"蜜桃村"，水蜜桃种植成为这个村的支柱性产业，依托水蜜桃产业，因地制宜打造特色田园乡村，被评为"全国一村一品示范村""全国乡村产业亿元村"。

村民都说："多亏供电公司为咱们提供电力服务，把线路架到了家家户户的田间地头，才有了咱们村的今天。"

因为有了电，村民们的致富愿望日益高涨。

村民徐本川投资建设10亩电气化恒温大棚，棚内大量使用补光灯、电动卷帘机、鼓风机等设备，棚内温度、光线、气流等都可以通过手机APP远程控制。他家的桃子四月中旬即可采摘售卖，市场价格超越平时的两倍或以上。

穿梭在城乡的"十人桥"共产党员服务队，成为一道亮丽的风景线。

乡村秀：点亮百姓幸福生活

初秋的傍晚，层层薄云在夕阳映照下变幻万千，与大地美景相映生辉。待落日余晖散尽，一盏盏白黄相间的灯照亮了漆黑的夜晚，映红了村民们的笑脸。

五年前，位于棋盘镇的宋山村、杨庄村和山徐村里农户建房杂乱无序，垃圾遍地、蚊蝇乱飞，群众颇有意见。棋盘镇审时度势，确定了"宋山民宿"、"杨庄田园乡村"和"牛盘家园"建设试点。

"一定要走在镇党委政府决策的第一方阵！"听到汇报后，国网新沂市供电公司党委对棋盘供电所提出了新的要求。

"我们这边刚做出规划，供电公司就进场参与了……"牛盘村负责人朱先锋回忆道。3月16日，"十人桥"共产党员服务队16名队员，仅用3天时间便为"牛盘家园"安装了3台400千伏安变压器、3台配电柜，建设和改造了高低压线路1.6千米。

乡村要振兴发展，离不开电力保驾护航。

四月的新沂乡村，处处春意盎然。时集镇郝湖村葱茏毓秀的树木掩映着排排房屋，就地取材建设的小菜园里绿油油一片，鸡犬相闻，蝶舞蜂飞，行走在村庄，一幅"河畅、水清、岸绿、景美"的生态画卷生动展现，让人心情愉悦。

生态治理、生态修复、生态保护、生态样板，新沂人民努力营造优美的生态环境。

美丽乡村不仅要生态美，形态美，神态也要美。马陵山镇高原村高原庄里，一股"乡土味"扑面而来，箩筐做成的店招，红瓦垒起的围墙，红砖铺就的路面，茅檐低小的小土房，既有趣味，又不失特色，让人倍感亲切。

锦山秀水，电力先行。用深厚情怀建设美丽乡村，这是国家电网人的胸襟，厚植"爱农、为农、重农、兴农"情怀。

作为拉动地方经济快速发展的"电力引擎"，他们用朴实的行动忠实地履行着责任，把光明和幸福洒在了充满希望的土地上，在促进地方经济发展的历史进程中，留下了一串串浸透着汗水和心血的脚印。

初心，来自人民；使命，回馈人民。"十人桥"共产党员服务队以实际行动为美好生活充电，为美丽新沂赋能！

战疫情：从未缺席党和国家每一次召唤

2022年"十一"假期刚过，新沂市拉响了又一轮疫情警报。

国网新沂市供电公司348名党员，迅速奔赴"抗疫"第一线，参加"到社区报到、为群众服务"党员志愿活动，主动当起了"大白"，组织群众有序检测核酸、生活物资的转运送达，以及安抚居民情绪、帮助解决社区群众用电问题等，以最小的代价获取最大化的防控效果，最大限度减少疫情对经济社会发展的影响。

许峰清晰地记得2020年年初惊心动魄的那一幕。

一场突如其来的新冠病毒感染疫情席卷全国，对人民群众生命安全和经济社会发展构成严峻考验。这是一场没有硝烟的战役，

第十二章 离英雄最近的人

是中华民族所有人的战役;驱除病魔,保障供电,是国家电网人肩上义不容辞的责任。

"我是党员,我必须要上。""十人桥"共产党员服务队一直坚守在供电服务的第一线:保障医院用电,开辟酒精制造企业复电"绿色通道",为临时安置点及时增容。哪里需要供电服务,哪里就有他们的身影。他们用自己的实际行动诠释着"十人桥"精神。

2020年1月25日,是大年初一,晚上10点,江苏花厅生物科技有限公司负责人蒋绍领拨通了"十人桥"共产党员服务队营销分队队员王大鹏的手机:"刚刚接到紧急任务,要在正月初三全面恢复酒精生产支援湖北,时间紧、任务重,我们公司生产用的6300千伏安变压器急需送电,供电部门能不能尽快帮我们把电送上?"

"好的,我现在就向公司领导汇报情况,尽快帮你们办理复电手续、调试负控设备,争取明天送上电!"接到王大鹏的汇报后,国网新沂市供电公司党委立即决定以最快速度为该企业办理复电手续,帮助其快速恢复酒精生产。

疫情紧张,这时到现场检修是要冒很大风险的。营销部党支部书记、主任许峰在微信工作群中做了安排:"明天大家兵分两路,一路在公司维护业务传票,一路到现场协助用户启封、调试。谁愿意去现场?"

"我去!"

"我去！"

营销部业务骨干、"十人桥"共产党员服务队队员陈浩和彭驰率先在群中回复。

这不仅仅是职责，更是一种情怀，一股热流涌上许峰心头。

到达现场后，陈浩和彭驰立即开始了线路和厂区内部隐患排查，一次室、开关室、二次室，他们在企业电工班的配合下仔细排查了每一个设备，不放过任何一个安全隐患。一个多小时后，陈浩在群内回复"表记校验完毕"，然后和彭驰配合企业电工班检查低压线路，排除用电设备故障，细化应急预案，一直忙到晚上9点多送电操作完毕。

"十人桥"共产党员服务队用恪尽职守践行初心使命，在这场没有硝烟的战争中，用忠诚和奉献谱写一曲嘹亮的英雄赞歌。他们，是挺身而出的平凡人，也是离英雄最近的国家电网人。

凝心聚力擘画复兴新蓝图，团结奋进创造历史新伟业。举世瞩目的中国共产党第二十次全国代表大会，2022年10月16日在北京人民大会堂隆重开幕。习近平总书记的话语发人深思、给人力量："新时代的伟大成就是党和人民一道拼出来、干出来、奋斗出来的！"

党用伟大奋斗创造了百年伟业，也一定能用新的伟大奋斗创造新的伟业。

新沂正在见证新的历史。历史悠久的钟吾古国，开启了她走向民族复兴的新征程。

目标越伟大，使命越艰巨，就越需要所有人拧成一股绳去干事业、拼搏进取。"若问何花开不败,英雄创业越千秋。"人民往前迈出的每一步,都凝聚成中华民族昂扬奋进的历史洪流。

电网屹立,青春不老。

离十人桥最近的国家电网人,分布在新沂大地上的每一个角落,身体力行"做好电力先行官,架起党群连心桥",用心用情当好为民服务勤务员,融入强富美高新江苏的优美画卷。

奋进新征程,建功新时代。

如今,在习近平新时代中国特色社会主义思想的指引下,"十人桥"共产党员服务队以对党和人民的赤诚忠诚、拼搏奉献、服务百姓,大力实施"旗帜领航·组织登高"工程,感党恩,听党话,跟党走,为党的电力事业不懈奋斗,成为全体共产党员的行动自觉。

一路砥砺奋进,谱写时代华章。

岁月为证,山河为凭!

后 记

当好新时代辉煌成就的记录者，当好新时代国网故事的讲述者，这就是撰写国网江苏电力"十人桥"共产党员服务队队员先进事迹的初心和使命。

"十人桥"共产党员服务队自2020年4月成立以来，始终坚持以服务新沂经济建设、服务人民群众为己任，近千名共产党员服务队队员不畏艰难险阻，扛起电力保供责任，大力弘扬"团结一心、奋力拼搏、甘愿奉献、敢于胜利"的"十人桥精神"，锻造形成了绝对忠于党、忠于人民的政治素质，哪里的客户有需要，他们就在哪里出现，鲜红的队旗在新沂大地高高飘扬，成为服务城乡的一张金色名片。

在写作过程中，我们没有对采访的事迹做任何艺术加工，只是记录时代的足音，把他们的一言一行、所思所想原汁原味地献给读者，真实展现基层国家电网人的工作和生活。

我们也力求以真实的故事、真挚的情感，通过生动的情节和典型的细节，用朴素的语言客观反映现实，使之成为一部兼具思想性、时代性、历史性、真实性、可读性于一体的纪实文学作品。

  本书的采写得到了国网江苏省电力有限公司、国网徐州供电公司和国网新沂市供电公司的重视和支持。中国电力作家协会副主席、国网江苏省电力有限公司总经理助理、江苏省电力作家协会主席王啸峰先生在工作繁忙之时拨冗为本书作序；国网徐州供电公司总经理柳惠波、党委书记任孝峰担任总顾问，副总政工师钦林文统筹协调各方面关系，并为《红桥边》的创作补充了很有价值的史料；江苏省第十二届精神文明建设"五个一工程"奖获得者、徐州市作家协会副主席周淑娟女士在文学创作方面给予精心指导；国网新沂市供电公司总经理刘波、党委书记沈茂松等领导为采访创作创造便利条件，党委党建部、三新分公司等部门和单位相关同仁为写作提供许多文字、图片资料，在此一并表示致谢。

2023 年 1 月